KB099944

헬리오스 나인

헬리오스 나인 2

한시랑 장편소설

초판 1쇄 찍은 날 § 2018년 4월 17일
초판 1쇄 펴낸 날 § 2018년 4월 24일

지은이 § 한시랑
펴낸이 § 서경석

총괄팀장 § 최하나
편집책임 § 신보라
편집 § 김경민
디자인 § 신현아

펴낸곳 § 도서출판 청어람
등록번호 § 제387-1999-000006호
등록일자 § 1999. 5. 31
어람번호 § 제1-2874호

주소 § 경기도 부천시 부일로 483번길 40 서경B/D 3F (우) 14640
전화 § 032-656-4452 팩스 § 032-656-4453
http://www.chungeoram.com
E-mail § chungeorambook@daum.net

ⓒ 한시랑, 2018

ISBN 979-11-04-91691-5 04810
ISBN 979-11-04-91689-2 (세트)

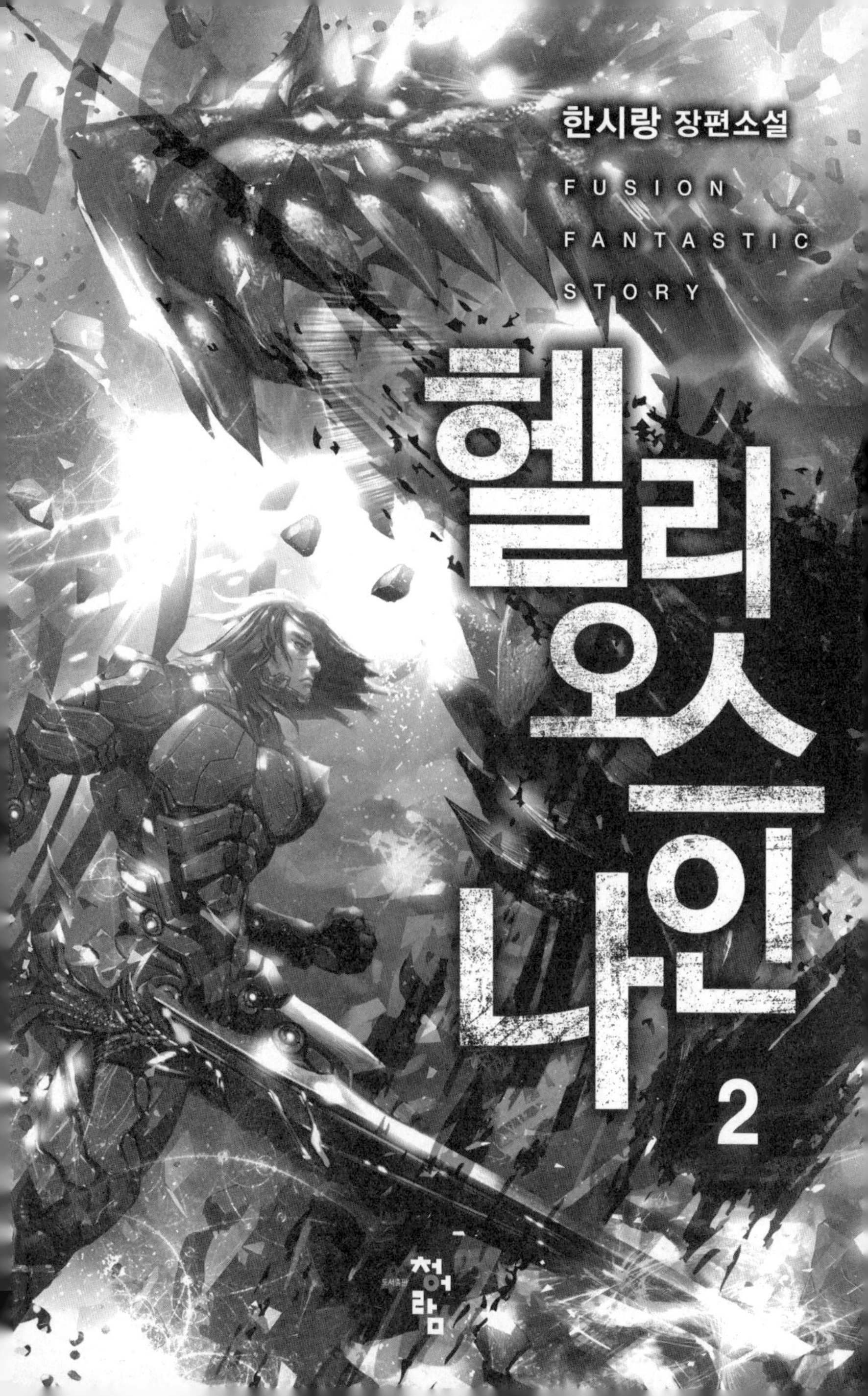
한시랑 장편소설
FUSION
FANTASTIC
STORY
헬리오스 나인
2
도서출판 청어람

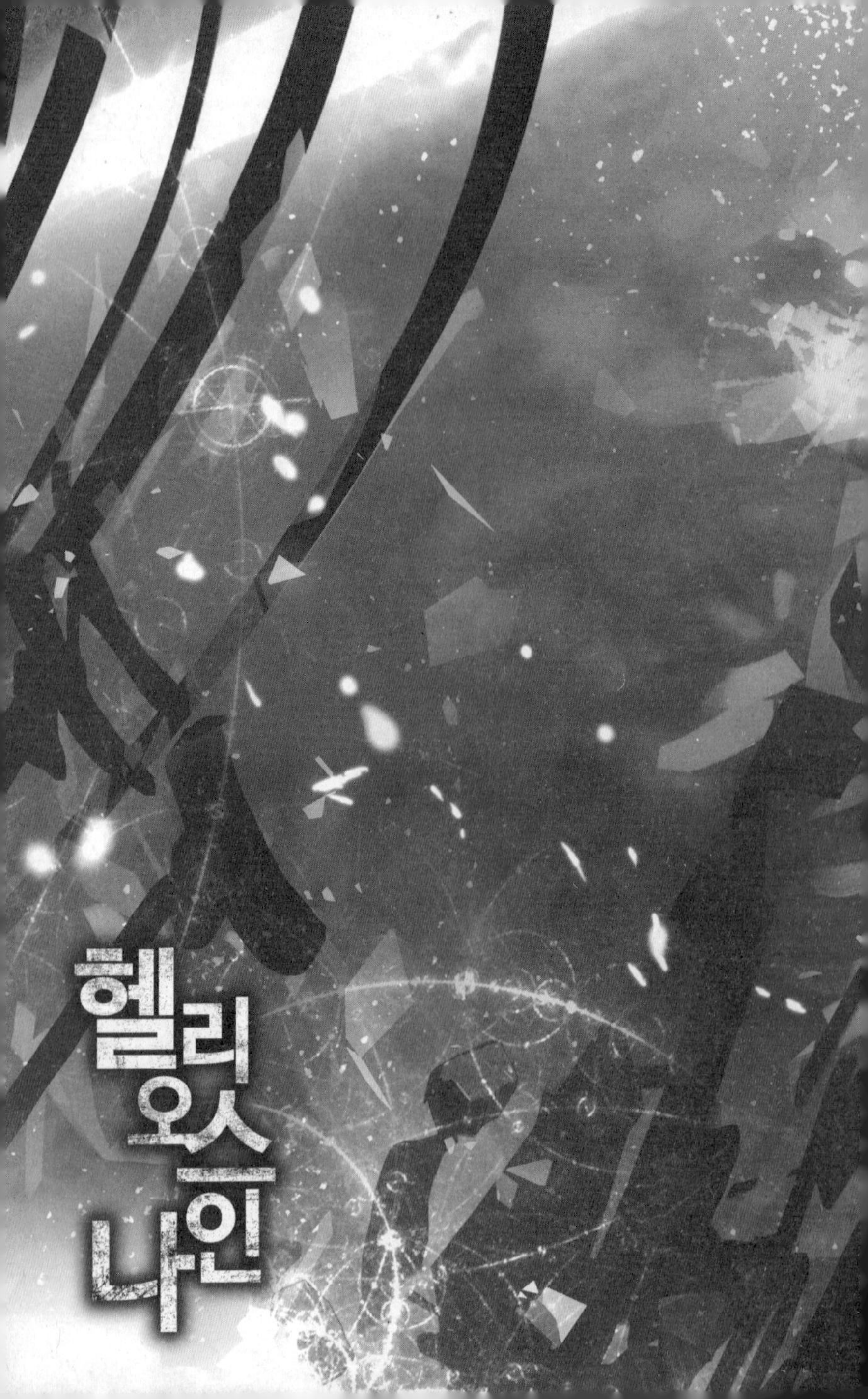
헬리오스 나인

· Contents ·

1장
독일의 초국가기업 I

"권산 오빠, 솔직히 말해봐요. 비행기 처음 타보죠?"

"그게 놀릴 일인가?"

"하긴 유럽이 쉽게 갈 만한 곳은 아니죠. 하여간 나 만나서 비행기도 타보고 호강하는 줄 알라고요."

미나의 귀여운 거들먹거림에 권산은 지그시 눈을 감고 팔짱을 끼는 것으로 응수했다.

미나의 재잘거림이 들렸으나 권산은 이미 어둠 속에서 지난 레이드를 복기하고 있었다.

                    *   *   *

  정교하게 세운 계획대로 연속해서 괴수들을 잡아 하루 안에 B급 2마리, C급 4마리를 해치웠으니 이렇게 가성비가 높은 레이드가 없었다.

  피로를 회복한 일행은 짐을 정리하고 벌처를 몰아 목포 관문을 통해 들어왔다.

  미리 연락을 받은 지명훈이 목포로 내려와 있어서 그가 비공식 의뢰자인 척하며 이번 레이드의 의뢰 물품이던 진공두꺼비의 혓바닥, 육수몽키의 뇌, 분열달팽이의 진액, 녹각순록의 뿔, 블러드로키의 송곳니, 투명악어의 가죽을 넘겨받았다.

  의뢰 대금은 권산이 일괄로 받아서 분배하는 척하며 12억 원의 개인 사재를 털어서 파티원들에게 지급했다.

  약간의 손실을 보았으나 이번 레이드 자체가 총액 300억 원을 벌어들이는 고수익 레이드인지라 수수료를 떼고도 인당 40억 원의 소득을 올릴 수 있었다.

  권산은 지명훈이 가져간 의뢰 물품도 엠베이몰에 올려서 팔아 치울 예정이다.

  상당히 희소하며 사겠다는 사람이 많은 사체 부위인지라 최소한 본전치기는 할 것으로 보였다.

특히 권산의 입장에서 대만족스러운 일은 블러드로키의 심장에서 적녹색 보석인 내단석이 나왔다는 데 있었다.

'B급 중에서도 유독 강한 괴수에게 간혹 나오는군. 이번에도 B+급으로 랭크되려나.'

또한 투명악어의 사체에서 절반 정도 차 있는 광물 주머니가 나왔는데 내단석과 광물 주머니 모두 사냥에 가장 기여가 큰 권산이 갖기로 협의하였다.

권산은 나중에 성분 분석을 할 생각으로 잘 봉인해서 벌쳐에 실어놓은 상태였다.

단기간에 엄청난 수익을 챙긴 차슬아 마스터는 입이 귀에 걸려 전화를 걸었고, 권산에게 어떻게 그런 전략이 머리에서 나왔냐는 둥 쓸데없는 말을 잔뜩 늘어놓았다.

몇 번이나 이번 레이드 영상도 방송국에 보내야 한다고 권산을 설득했으나 권산이 칼같이 거절하자 더는 말을 꺼내지 않았다.

이제 겨울이 곧 오는 마당이니 이어도기지에 더 이상 갈 일이 없었고, 권산은 강철중 대위에게 연락해서 이어도기지 복구공사를 시작하라고 지시했다.

가설이 아닌 제대로 된 전진기지를 구축하는 것이다.

이 공사는 괴수의 활동이 극히 줄어드는 겨울철을 노려 집중적으로 진행하는 것이 유리했다.

"창고에 포터블 냉동기가 있어. 공사 자재를 운송하는 첫 번째 쿼드 캐리어 편으로 회수해 오도록 해."

명령은 어김없이 시행되었고, 박돈학 중장의 명령서를 가진 쿼드 캐리어를 검문할 간 큰 군인은 아무도 없었다.

그렇게 어렵지 않게 라독 샘플을 보관 중인 포터블 냉동기를 지명훈에게 넘겼고, 그는 그것을 들고 서울의 연구소로 돌아갔다.

첫 번째 쿼드 캐리어를 조종한 사람은 공군의 진광 대위로, 권산은 오랜만에 그와 인사를 나눌 수 있었다.

"이번에 단단히 한몫 잡으신다면서요. 저도 꼭 좀 챙겨주십시오. 크하하하!"

굉장히 남성적인 외모에 턱수염이 잘 정돈된 그는 과거 권산이 군 생활을 할 당시 특수부대를 자원한 특이한 이력의 인물이었다.

죽을 고비를 자청하는 사람은 분명 흔한 케이스는 아니리라.

그러나 그의 조종 실력 덕에 죽을 위기를 넘긴 적이 한두 번이 아니었기에 권산이 신뢰하는 사람 중의 하나였다.

"기왕 이렇게 된 거, 많이 챙겨서 이번에 꼭 전역하지 그래?"

"제가 스릴 넘치는 거 좋아하는 것 아시잖아요. 돈은 포기

해도 그건 포기 못 합니다. 크하하!"

그렇게 이어도기지 구축을 잘해달라는 격려를 하고 권산은 인천의 아지트로 복귀했다.

일단 길드와 현무원들에게는 겨울이 되기 전까지 더 이상의 사냥은 참여하지 않겠다고 말을 해놓은 참이다.

파티원들이 개별 사냥을 희망한다면 차슬아가 알아서 다른 현무 길드 파티에 배분을 할 것이다.

그러던 차에 미나에게서 연락이 왔다.

진성 우주산업의 업무 차 독일 출장 일시가 잡혔고, 동행해 달라는 요청이었다.

일전에 약속해 놓은 것도 있으니 권산은 별수 없이 비행기에 몸을 실었고, 지금 이렇게 진성그룹 전용기의 퍼스트 클래스에 앉아서 그녀의 핀잔을 듣고 있는 것이다.

인천공항을 이륙한 항공기는 고도 20,000m를 유지하며 과거 시베리아라 불리던 동토의 영공을 지나갔다.

"권산 오빠, 왜 비행기가 이렇게 높은 고도로 날아야만 하는지 알고 있어요?"

"아니. 무슨 특별한 이유가 있나?"

"저기 창밖을 보세요."

권산이 몸을 살짝 일으켜 창밖을 보자 대기에 뭔가 얇은 회색 막처럼 보이는 것이 구름의 움직임에 따라 일렁거리는 게 보였다.

"저게 뭐지?"

"저건 방사능 낙진으로 발생한 미세먼지를 먹고 사는 일종의 미생물이라고 하더라고요. 이름이 뉴클리어 박테리아인가 그래요. 지금 지구의 대기에는 저 미생물이 광범위하게 퍼져 있는데 보통 고도 20,000m 정도 되면 확실하게 저 박테리아를 피할 수 있어서 항공기가 안전하다나 봐요."

권산은 여전히 창밖을 쳐다보면서 미나에게 물었다.

"저것과 부딪치거나 하면 어떻게 되지?"

미나는 몸이 으슬으슬 추워오는지 담요를 목까지 끌어 올렸다.

"재수 없이 저걸 잘못 호흡하거나 하면 급성 방사능 병에 걸린다고 하더라고요. 비행기가 잘 설계되어 있겠지만 빈틈으로 들어올 수도 있고, 비행기에서 타고 내릴 때 괜히 외장에 묻어 있는 박테리아를 호흡할 수도 있고, 하여간 위험하대요."

"그렇군. 우주 엘리베이터 역시 저 박테리아를 조심해야겠네."

"맞아요. 저것의 정체를 몰랐을 때나 당했지 지금은 박테리아를 소독할 수 있는 여러 약품이 개발되어 있으니 걱정 없어요."

그렇게 몇 시간을 날아간 항공기가 독일 뉘른베르크 공항에 착륙하자마자 항공기는 곧바로 어떤 격납고로 향했다.

격납고 전체에서 항공기를 향해 어떤 약품이 섞인 물을 뿌려대었다.

뜨거운 바람으로 건조까지 시킨 뒤에서야 항공기는 격납고에서 나와 승강장으로 이동했다.

권산은 미나에게 들은 바가 있기에 왜 항공기에 그런 조치를 하는지 알 수 있었다.

공항에는 미나를 마중 나온 직원이 있었는데 권산과 미나는 직원이 가져온 차량을 타고 계속 어딘가로 이동했다.

권산이 가방에서 서류를 빼내 뒤적거리는 미나를 보며 물었다.

"이번 출장 목적이 뭐지?"

미나는 여전히 서류를 바라본 채 씽긋 웃었다.

"목적은 두 가지예요. 게오르그 슈미트사와의 비즈니스가 첫 번째이고, 권산 오빠와의 화끈한 유럽 데이트가 두 번째고. 히힛!"

게오르그 슈미트사.

뉘른베르크에 위치한 초국가기업(Transnational Corporation)이다.

1세기 전만 하더라도 존재하지 않던 독특한 형태의 국가

이기도 했는데, 독일 뉘른베르크 지방에서 자치권을 인정받고 나름대로 국제적으로도 주권을 행사하는 기업 체제와 정치 체제가 혼합되어 있는 특이한 통치 방식을 가진 집단이었다.

현 지구상에서 가장 뛰어난 과학기술을 보유했고, 자본력역시 대단하여 도시국가 정도의 면적을 가졌다 해도 그들을 무시하는 나라는 한 군데도 없었다.

게오르그 슈미트의 국가원수이자 기업 총수는 모든 것을 이룰 수 있다고 해서 미스터 에브리띵이라는 별명을 가진 '프러드만 슈미트' 회장이었다.

아직 1세대가 지나지 않아서 게오르그 슈미트사가 나 홀로 정치체제를 얼마나 유지할지는 알 수 없었으나 1세대 안에 초국가기업을 창업하고 번창시킨 업적을 이룩한 슈미트 회장이 얼마나 불세출의 천재인지는 두말하면 잔소리였다.

권산이 독일의 통신망을 이용해 이데아에 접속하여 게오르그 슈미트에 대한 정보를 찾아보고 있자 미나가 뽀로통하게 볼을 부풀렸다.

"일단 피곤하니까 호텔에 가서 밥이나 먹어요. 우리 시간은 많으니까 오빠도 이번에 푹 쉬어요."

권산은 시차 적응을 위해 가볍게 눈을 붙인 뒤 스위트룸에 마련된 스팀 사우나에서 여독을 풀었다.

벌써 해가 졌는지 뉘른베르크의 야경이 한눈에 펼쳐져 시야를 가득 메워왔다.

뉘른베르크라면 독일에서는 변방 도시였지만 서울 못지않은 번화함이 느껴지는 게 게오르그 슈미트의 저력을 보여주는 듯했다.

"똑똑똑! 들어가도 돼요?"

권산이 뒤를 돌아보자 스위트룸의 문을 열고 반쯤 들어와 있는 미나가 보인다.

"이미 들어와 놓고 뭘 물어?"

미나는 하늘거리는 흰색 원피스를 입고 와인 병과 잔 두 개를 들고 들어왔다.

미리 오픈을 해두었는지 권산에게 잔을 건넨 그녀는 와인 병을 기울여 루비처럼 붉은 액체를 천천히 따라주었다.

"제가 가장 좋아하는 샤토 마고 로칠드예요. 빈티지는 2015년산이죠. 무려 100년도 더 된 귀한 녀석이에요."

권산은 와인에 대해 잘 알진 못했으나 포도나무가 멸종하여 핵전쟁 전에 만들어진 와인을 제외하곤 더 이상 추가 생산이 안 되는 것은 알고 있었다.

100년도 넘은 숙성을 거친 놈들 중에도 명주로 소문난 와이너리에서 생산된 와인은 그야말로 천문학적인 가격대를 형성하고 있었다.

"내 혀가 호강하는군. 이런 맛이라니."

은은한 허브, 땅콩, 시가, 후추 향, 그리고 부드러운 타닌이 혀의 말단부터 두꺼운 안쪽까지 완벽하게 감아왔다.

권산은 흥취를 이기지 못하고 단숨에 잔을 들이켜며 코로 올라오는 향을 즐겼다.

미나는 그 모습을 보며 자신도 와인 잔을 급히 기울여 한 모금에 잔을 털어냈다.

"내가 정말 혀를 호강시켜 줄까요?"

권산이 미나를 돌아보자 미나는 양팔로 권산의 목을 감고 뒤꿈치를 들어 올리며 입술을 맞춰왔다.

부지불식간에 당한 일이라 권산은 숨을 멈추며 미나를 밀어내려다 그녀의 어깨가 파르르 떨리는 것을 보고는 슬며시 손을 내렸다.

미녀의 키스는 달콤했으며, 목을 감은 팔에서는 권산을 향한 미나의 애정이 느껴졌다.

뉘른베르크의 야경, 와인의 달콤함, 체온의 따뜻함이 버무려져 뭔가 심장이 팍 터지는 것만 같은 뜨거움이 밀려 올라왔다.

권산은 한 팔로 미나의 허리를 안고 다른 손으로는 와인 잔을 빼앗아 테이블 위에 올려놓았다.

미나를 침대에 눕히고 위에서 내려다보자 이목구비가 수려하고 매끄러운 몸매의 여인이 떨리는 눈빛으로 권산을 바라보고 있다.

　권산은 그 눈빛을 보자니 뜨겁던 가슴이 서서히 가라앉았다.

　권산은 확신을 갖지 못했다. 그 대상은 바로 스스로의 마음에 대해서였다. 아직까지 목표를 좇기 급급한 삶이었다. 하지만 작은 여유 정도는 가져도 좋지 않을까?

　"뭔가 순서가 틀린 것 같은데? 먼저 우리 사귈까?"

　미나가 권산의 말에 활짝 웃었다. 이 목석같은 남자가 드디어 넘어온 것이다. 오늘은 이 정도만 해도 일취월장이다.

　"하는 것 봐서요. 나 이미나라고요."

　권산은 가볍게 키스를 하고 미나를 방으로 돌려보냈다. 이미나는 왠지 가기 싫은 듯 몇 번 투덜거리고는 그녀의 방으로 사라졌다.

＊　　　　　＊　　　　　＊

　이틀간 고풍스러운 중세도시인 뉘른베르크에서 데이트를 즐긴 권산과 미나는 교외에 위치한 게오르그 슈미트 본사로 향했다.

미나는 엄연히 비즈니스를 위해 이곳에 온 것이기 때문이다.

거대한 원형의 외벽에 돔처럼 생긴 지붕이 인상적인 빌딩 앞에서 둘은 잠시 멈춰 섰다

"11시에 슈미트 회장과 미팅이 있어요. 세계에서 가장 만나기 힘든 사람인데 우리 그룹도 제법 이름발이 있긴 있나 봐요. 그럼 미팅 끝날 때까지 게오르그 슈미트 내부에 투어 코스가 있으니 한번 둘러보고 있을래요?"

미나는 수행원을 잔뜩 데리고 안내원을 따라 사라졌고, 권산은 본사의 안내 표지를 따라 투어 코스를 찾아갔다.

권산은 독일어를 할 줄 몰랐으나 권산의 방문증에 적힌 국적을 본 데스크에서 바로 전담 안내원을 붙여주었다.

"안녕하세요. 에밀리라고 합니다. 한국의 진성그룹에서 오셨죠?"

"아, 네, 반갑습니다."

에밀리는 금발에 푸른 눈을 가진 30세가량의 여성이었는데 한국어가 제법 유창했다.

"일반인에게 개방된 투어 코스도 있지만, 게오르그 슈미트의 잠재 고객들에게 개방되는 코스를 한번 보시겠어요?"

권산이 고개를 끄덕이자 에밀리는 몇 번의 보안 게이트를 지나 유리문을 열고 본사의 깊숙한 곳에 위치한 연구 시설로

안내했다.

"우리 게오르그 슈미트의 주력 산업은 우주산업와 군수산업으로 나뉘어요. 군수 쪽은 유럽연합에 무기를 납품할 만큼 우수한 제품이 다수 있어서 여러 가지 시연도 가능한데 그쪽으로 보여 드릴까요?"

"부탁합니다."

권산은 군에서 각종 현대화 병기를 다룬 경험이 있어서 크게 관심이 가지는 않았으나 에밀리의 태도가 워낙 진지했기에 성심껏 대답했다.

"이쪽입니다."

권산은 진열대에 깔끔하게 정리된 개인화기부터 중화기 등의 보병용 무기, 휴대용 미사일, 방탄복, 등을 차례로 만져보고 사격 자세를 잡아보았다.

확실히 가벼웠고 착용감이나 인체 역학 구조면에서 나무랄 데가 없었다. 성능은 어떨지 모르지만.

"한번 사격을 해볼 수 있겠소?"

"물론이죠. 이쪽입니다."

권산은 에밀리의 안내로 첨단 시설의 실내 사격장으로 들어갔다. 에밀리는 자랑스러운 표정으로 한 자루의 소총을 내밀었다.

"신제품인 G21 무탄피 소총입니다. 한번 써보세요."

권산은 소총을 받아 들고 사격대 앞에 섰다.

무탄피 소총은 기술적으로 완성된 지는 오래되었으나 탄피 배출이 없는 관계로 동반되는 과열 문제나 탄약의 고비용 문제로 군에 적용되지 못하고 있는 것으로 알고 있다.

권산이 조준경에 눈을 대자 조준경은 스스로 동공의 초점을 인식하여 자동으로 움직이더니 영점을 맞추었다.

드르륵!

점사, 3점사, 연사를 모두 해봤으나 반동은 가벼웠고, 탄약은 개인화기로는 믿을 수 없게도 백여 발이나 발사되었다.

"훌륭하군요."

권산이 소총을 내려놓자 사격 결과가 사격장 디스플레이에 표시되었다.

50미터 사격이 모두 사격원 중심에 적중하며 100%라는 문구가 떠올랐다.

에밀리는 박수를 치며 권산의 실력에 감탄했다. 처음 다룬 화기를 이처럼 능숙하게 쓰는 게 믿기지 않은 것이다.

"놀라워요. 사격 실력이 대단하시네요."

그때 에밀리의 뒤로 머리가 반쯤 벗겨진 노인이 걸어오며 말했다.

"틀림없이 군 출신이군. 그렇지 않나?"

권산은 이 키가 작은 독일인 노인이 독일어로 물어오니 이해하지 못해 가만히 서 있었다.

"아 참, 내 정신 좀 보게. 이걸 착용하게."

노인은 권산에게 목에 착용하는 고리형 기구를 내밀었다.

권산이 노인의 손짓에 따라 기구를 목에 착용하자 곧바로 노인의 음성이 기구의 스피커를 통해 한국어로 번역되어 들려 왔다.

"통역기일세. 똑똑한 기계라서 알아서 언어가 바뀌지."

권산이 한국어로 노인에게 물었다.

"누구십니까?"

통역기는 권산의 성대 진동을 인식하여 한 템포 늦게 스피 커가 동작하긴 했으나 권산의 음색 그대로 독일어로 변환하 여 송출하였다. 놀라운 기술이다.

"난 게오르그 박사라고 하네. 자네가 들고 있는 그 라이플 을 개발한 사람이지."

에밀리가 재빨리 설명을 덧붙였다.

"우리 게오르그 슈미트사의 공동 창업주세요. 융합 과학 연 구소의 소장이시고요."

권산은 노인에게 허리를 가볍게 숙여 인사했다.

"반갑습니다. 저는 권산입니다. 통일한국에서 왔습니다."

"라이플을 만져보니 어떤가?"

"작품이더군요. 우려하던 과열도 없고요. 숙련되지 않은 사수라 해도 금세 다룰 수 있도록 쉽게 설계된 느낌입니다."

게오르그가 노란 이를 드러내며 씽긋 웃었다.

"잘 봤군. 그게 일종의 내 철학일세. 인간은 워낙에 불완전하거든. 신체 능력도 떨어지고 말이야."

권산은 게오르그의 말에 그다지 공감이 가지 않았다. 아주 틀렸다고는 할 수 없지만, 인간을 한낱 도구 수준으로 인식하지 않고서야 그런 식의 발상이 나올 리 없었다.

권산은 인간의 편리를 위해 과학의 힘을 적극 활용하는 데는 찬성이었으나 그것이 인간의 가치를 떨어뜨린다고는 생각하지 않았다.

인간의 몸은 무한히 발전 가능하다는 무술의 취지와도 어긋나는 일이다.

"아무리 발전된 무기라도 결국 인간이 다루는 이상 결코 사람보다 낫다고 볼 수는 없습니다."

"내 귀여운 GS-1을 보고도 그렇게 생각할지 의문이로군."

권산은 왠지 오기가 치밀어 게오르그에게 말했다.

"한번 보여주시죠."

"옳지. 이쪽일세."

게오르그는 에밀리를 보내고 직접 권산을 안내했다. 융합 연구소는 본사의 가장 깊숙한 심처에 위치해 있고, 중역들의 집무실과도 가까워 보였다.

게오르그는 지나가는 연구원을 붙잡고 GS—1 두 대를 필드로 가져오라고 지시했다.

　"먼저 필드로 가 있자고. 조금 있으면 도착할 거야."

　게오르그가 말한 필드는 사방과 천장이 두꺼운 유리로 된 일종의 경기장이었다.

　500평에 달할 만큼 넓고 완벽히 밀폐되어 외부와 격리되어 있었다.

　그때 필드의 바닥이 열리며 두 대의 GS—1이 천천히 모습을 드러냈다.

　'인간형 로봇이잖아.'

　높이 2미터에 이족 보행이 가능하며 인간형 구조로 만들어진 전투 로봇으로 보였다.

　정교하게 만들어져 팔다리는 로봇치고는 얇고 날렵했으며, 검투사가 연상되는 디자인의 갑옷형 장갑과 작은 방패, 중검을 한 자루씩 들고 있었다.

　"군인을 대체할 목적으로 제작된 기체라네. 그중에 스피드형으로 제작된 놈이지. 그 어느 특수부대원이라도 이놈만큼 강하진 못할 거야. 전투에 특화된 사고 알고리즘과 바디의 구동 메커니즘은 내가 직접 설계했지."

　두 대의 기체가 서로 뒷걸음질로 거리를 벌리자 어디선가 중후한 음성이 들려왔다.

"게오르그, 또 자랑질이 도졌군. 좋은 구경거리를 둘만 봐서야 쓰나. 여기 한국에서 온 숙녀가 있으니 같이 보세나."

백발의 노신사가 지팡이를 짚으며 나타났다.

그 옆에는 정장 차림의 이미나가 나란히 걸어오고 있다. 미나가 반갑다고 손을 흔들었다.

게오르그는 살짝 인상을 찌푸렸으나 필드로 고개를 돌리고 관제실 방향으로 손짓했다.

GS-1을 가동시키라는 신호였다.

GS-1 로봇의 안구 램프가 적색으로 변하며 서로를 적으로 인식했다.

애초에 동일한 스펙으로 제작된지라 두 로봇의 대결은 그야말로 호각지세였다.

검격과 몸통치기 등은 허술한 동작이 많았으나 스피드와 밸런스 면에서는 나무랄 데가 없었다.

어떤 식으로 프로그래밍되었는지 적절한 타이밍에 회피와 반격, 방패 사용과 검격, 발치기 등이 연쇄적인 콤비네이션으로 펼쳐졌다.

고도의 운동신경을 가진 무도가나 보일 법한 동작을 두 로봇은 쉴 새 없이 구사하며 서로 무차별적으로 공격해 장갑 파편을 쏟아내었다.

"어떤가? 이만하면 쓸 만하지?"

게오르그의 얼굴 가득 득의의 표정이 떠올랐다.

"평범한 인간의 전투로는 저 로봇을 이길 수 없다는 걸 인정하겠습니다. 그러나 고도로 단련된 무도가나 이능력자라면 일대일로 충분히 상대가 가능할 거라 봅니다."

"이능력자라… 확실히 대단한 자들도 간혹 있지. 자네가 그리 말하니 정말로 이능력자와 대결을 시켜보고 싶은걸. 누구 아는 사람이라도 있나? 한번 추천해 보게."

슈미트 회장 역시 회가 동하는지 비서를 불러 뭔가를 지시하고는 게오르그를 향해 입을 열었다.

"좋은 아이디어네, 게오르그. 때마침 유럽 연합에서 GS시리즈의 성능 검증을 원하고 있거든. 이능력자와의 대결이라면 임팩트 면에서 안성맞춤이로군."

권산은 잠시 생각하다가 게오르그를 보며 말했다.

"제가 한번 해보죠."

"자네가? 자네, 헌터인가?"

"통일한국의 최상급 헌터입니다."

"좋아, 최상급이라면 확실하군."

갑자기 슈미트 회장이 끼어들었다.

"GS—2 기종도 검증하려면 헌터 한 명이 더 필요하네."

권산은 머릿속에 몇 명의 헌터가 떠올랐으나 모두 GS 기종을 당해낼 수 있을 것 같지 않았다.

더구나 모두 한국에 있다.

그때 미나가 나서서 유창한 독일어로 말했다.

"제가 한 명 추천해도 될까요? 제임스라고, 영국인 상급 헌터예요."

슈미트가 물었다.

"그가 승낙하겠소?"

"제가 부탁하면 틀림없어요. 대신 회장님의 부탁을 우리가 들어준 격이니 대결에서 이기면 제 부탁도 회장님이 들어줬으면 해요."

슈미트가 짧은 턱수염을 쓰다듬으며 껄껄 웃었다.

"비즈니스는 기브 앤 테이크가 기본이지. 부탁은 당연히 우주 기지 건설용 발사체 납품일 테고? 그렇게 짠 단가에 말이야."

미나 역시 웃는 낯으로 대답했다.

"그럼요. 게오르그 슈미트사가 아니면 누가 그런 기술력을 가지고 있겠어요. 그 단가로도 이윤은 보시잖아요."

"그럼 필히 승패를 명확히 가려야겠소. 데스 매치 형식으로 가는 게 좋을 듯하네만."

미나가 권산을 바라보자 권산이 천천히 고개를 끄덕였다. 이를 본 슈미트가 흥미가 동한 표정을 지으며 말했다.

"유럽 연합 인사들을 초대해야 해서 일주일 후 이곳에서 경기를 합시다. 그리고 한 가지 더. GS시리즈 홍보 차원에서 실시간 TV 중계까지 했으면 하는데 어떻소?"

역시 감이 오면 불도저처럼 밀어붙인다는 세간의 평가가 딱 맞는다는 걸 절감한 미나였다.

"좋아요. 계약서는 호텔로 보내주세요. 일주일 후 뵙죠."

작별 인사를 마치자 권산은 통역기를 벗어서 게오르그에게 내밀었다.

"됐네. 그냥 선물로 넣어두게."

"감사합니다. 사양하지 않고 받겠습니다."

권산은 다시 통역기를 목에 걸었다.

2장
독일의 초국가기업II

　권산은 스위트룸에 좌정하여 명상에 빠져들었다. 미나는 권산을 믿으면서도 상식 밖의 성능을 보인 전투 로봇과의 대결에 걱정을 감추지 못했다.

　"오빠가 이기기만 한다면 더할 나위 없겠지만 자칫하면 생명이 위험해요. 그냥 제가 가서 대결을 없던 일로 할게요. 네?"

　"내가 원해서 하는 일이야. 나 스스로 어디까지 와 있는지 알아보는 기회이기도 하고."

　미나는 한숨을 푹 내쉬고야 말았다.

"혹시 모르니 민주 언니를 부를게요. 아지트에 두고 온 갑옷과 무기도 모두 가져오도록 하고요."

미나는 수행원을 통해 한국에 연락을 넣었고, 권산은 일주일간 홀로 폐관 수련에 들어갔다. 고요한 가운데 한 줄기 명료한 정신이 뇌리를 가득 채웠다.

10세에 스승의 손을 잡고 산에 올라 뼈를 깎는 고련을 거쳐 지금의 육체를 갖게 되었다.

기본공을 다지기 위한 육합권법을 시작으로 다양한 권장지각을 아우르는 단련을 했고, 사문의 절기인 용살권법에 이르러 절반쯤은 육체가 가진 한계를 벗어났다고 자평했다.

기계적인 자세에서 뿜어지는 강력한 발경은 뼈와 근육이 만들어내는 외공의 파괴력을 수 배 증폭시킬 수 있고, 용살기공이 더해진다면 전설에 나오는 경지인 일수에 산을 무너뜨린다는 '파산경'도 꿈만은 아니었다.

'전설에 따르면 파산경을 구사하려면 3갑자의 내공이 필요하다. 뇌신과 내공증폭벨트를 모두 이용한다면?'

권산은 이데아에게 시뮬레이션을 지시했다. 흰 벽을 바라보자 이데아가 만들어낸 영상이 재생되었다.

—주인의 내공은 1갑자. 뇌신점혈술은 2배, 내공증폭벨트는 6배이니 산술적으로는 10초 동안 12갑자의 에너지를 만들어낼 수 있지만, 주인의 몸이 견딜지는 미지수예요. 그 부분은

무시하고 사용 스킬은 통천권, 내공 양이 증가할 때 보이는 기하급수적인 파괴력 증가를 포함한 시뮬레이션이에요.

영상 속의 권산은 중국의 기암괴석이 즐비한 어느 협곡 속에 서 있었다.

강력한 진각에 이어서 통천권의 황금빛 발경이 암산에 작렬하자 땅이 흔들거리는 지진과 함께 암벽에 구렁이 같은 균열이 번지며 산꼭대기까지 치달았다.

쿠쿠궁!

무음의 영상이었지만 마치 권산의 귀에는 그런 바위의 충돌 음이 들리는 듯했다.

암산은 처참하게 무너졌으나 전설에서 묘사하는 수준으로 산 하나가 사라져 버릴 정도는 아니었다.

'파산경의 단계는 통천권보다 더한 오의가 있는 모양이군. 내공만 쌓는다고 도달할 수 있는 경지가 아니다.'

그러나 제아무리 단단한 금속으로 만들어진 GS—1이라도 저 정도의 파괴력을 견딜 수는 없을 것이다.

"이데아, 3배 증폭으로 GS—1 대상으로 시뮬레이션 해줘."

—GS—1의 장갑 재질을 모르면 제대로 계산할 수 없어요.

"탱크에 들어가는 복합 장갑 기준으로 해줘.

권산은 용살검법의 초식까지 이용해서 다방면으로 시뮬레이션했고, 권법보다는 검기를 이용한 공격이 훨씬 유효하다고 결론을 내었다.

내공증폭벨트를 전혀 사용하지 않았을 경우의 승률은 55%로 근소하게 앞서는 수준이다. 3배 증폭까지 올렸을 경우에는 90%에 달했다.

'이번 대결만큼은 벨트를 쓰고 싶지 않군.'

인간의 가능성을 믿지 않는 게오르그 박사에게 뭔가를 보여주고 싶었다. 수천 년 역사를 가진 무술의 힘으로 말이다.

경기 당일.

권산은 시간에 맞춰 도착한 제임스와 인사했다.

그는 현무 길드를 탈퇴한 뒤 진성그룹으로 돌아가지 않고 모국인 영국으로 갔다가 미나의 연락을 받고 나타난 것이다.

제임스가 자신의 보호복 이음새를 점검하며 물었다.

"이색적인 이벤트인데? GS 병기가 그렇게 센가, 권산?"

"전력을 다해야 할 거요, 제임스. GS—1과 GS—2 기종이 연속해서 나올 모양인데, 나도 두 번째 기종에 대한 정보는 없소. 이걸 보시오."

권산은 자신의 렌즈를 통해 저장된 영상을 손짓을 통해 제임스의 시야로 밀어주었다. 두 대의 GS—1이 겨루는 모습이다. 제임스는 이를 보고 놀라움을 금치 못했다.

"낮게 잡아도 상급의 근접계 헌터 정도 수준이군."

제임스는 고개를 절레절레 저었고, 권산은 미리 와서 기다리고 있는 백민주를 바라보았다. 그녀가 필드의 입구 쪽에 마련된 자리에서 권산을 향해 손을 흔들었다.

유리로 된 직육면체 공간인 필드 주변으로 백 명 정도의 좌석이 배열되어 있었다. 핵전쟁 이후 국가의 명망을 유지 중인 서유럽 국가의 원수급 인사들이 대부분 참석한 모양이다.

때마침 제임스의 중얼거림이 들려왔다.

"내가 영국 데이비드 총리를 이렇게 면전에서 보다니 별일이 다 있군."

슈미트 회장의 장담대로 방송국에서도 찾아와 여러 각도로 카메라를 설치했다.

예정 시간이 되자 프리드만 슈미트 회장이 직접 연단에 섰다.

"바쁘신 시간에 찾아와 주신 귀빈 여러분께 감사드립니다. 유럽의 우수한 젊은이들이 괴수와의 전쟁으로 죽어가는 이때, 우리의 게오르그 슈미트사가 사명을 가지고 만든 제품을 공개합니다. 고지능 이족 보행형 로봇 병사 GS—1과 GS—2입니다."

저음의 묵직한 사운드와 함께 2미터의 인간형 신체에 경량화기를 여기저기 매달고 있는 GS—1과 2.5미터의 두꺼운 신체에 중화기를 매달고 있는 GS—2가 필드의 바닥에서 천천히 올라왔다.

10명의 군인이 휴대할 만한 화기를 한 대의 로봇이 온몸에 장착한 모습에 좌중은 절로 압도되었다.

"먼저 화력 시범이 있겠습니다."

슈미트가 관제실 쪽으로 손짓하자 관제실에서 바라보고 있던 게오르그가 조작 패널을 조작했다. 필드의 유리 방벽 표면에 푸르스름한 에너지 막이 차올랐다.

두 로봇의 반대쪽 끝에 50톤은 되어 보이는 주철 벽이 올라왔고, 두 로봇의 눈이 붉게 변하자 로봇의 전신에서 수십 개의 화기가 목표를 겨냥하고 불을 뿜었다.

모두 무탄피 기술이 적용되었는지 수천 발이 쏘아졌으나 한 개의 탄피도 튀지 않았다.

특히 GS—2의 중화기는 포탄과 같은 파괴력이 있었고, 산탄 및 소형 미사일까지 양어깨에서 발사하자 지켜보던 좌중에선 박수를 치는 사람까지 나타났다.

'엄청난 화력이군.'

화기가 멈추자 자욱한 연기와 함께 완전히 바스러져 먼지가 된 주철 벽이 모습을 드러내었다.

각국의 원수들은 체면도 잊고 박수를 치고 있었다.

저 두 대의 화력만 해도 대대급 병력을 대체할 만하다는 게 권산의 솔직한 심정이다. 슈미트 회장이 다시 연단에 섰다.

"우리 게오르그 슈미트의 과학이 집결된 작품이니 충분히 만족스러우셨을 겁니다. 하지만 이런 의문이 드실 수도 있겠습니다. 화력병기가 필요한데 굳이 이족 보행 로봇이 필요할까? 적절한 의문입니다. 기존의 전차를 개조해도 충분하니까요. 이제 그것에 대한 답변으로 특별한 이벤트를 준비했습니다. GS시리즈에 적용된 휴머노이드 생체 모방 기술이 어느 정도로 인간을 흉내 낼 수 있으며, 얼마나 인간이 가진 한계를 초월할 수 있는지 그 가능성을 보실 겁니다. 바로 로봇 대 헌터의 결투 이벤트입니다."

슈미트가 박수를 치며 연단을 내려가자 다시금 좌중에서는 엄청난 박수가 터져 나왔다.

조용히 촬영에 임하던 카메라맨들까지 들뜬 표정으로 박수를 쳤고, 그들의 눈은 곧 권산과 제임스에게 집중되었다.

제임스가 권산을 보며 입을 열었다.

"데스 매치 형식의 경기이니 강한 자가 뒤에 올라오는 게 낫다. 내가 먼저 올라가지."

카메라가 돌아가며 경기장에 오르는 제임스를 시시각각 잡아냈다.

필드는 깨끗하게 정리되었고, GS-1 한 대만 남아 있었다. 화기는 모두 해체되었으며, 권산이 처음 본 대로 갑옷 형태의 장갑과 작은 방패, 허리에 매어 있던 중검 한 자루만이 남아 있는 무장이다.

쿠워어어!

제임스의 두 눈이 붉게 달아오르더니 온몸에서 털이 나며 근육이 부풀었다. 3미터의 장대한 괴수가 그 자리에 나타났다.

웨어베어.

인간의 몸에 곰의 특징이 입혀진 동물계 변신 이능이었다. 보호복은 변신한 몸에 맞게 다시금 변화해서 몸에 밀착되었다.

GS-1의 눈이 붉게 물들며 둘의 대결이 본격적으로 막을 올렸다. 제임스의 발톱 공격은 쇠를 끊어낼 만큼 날카로웠으나 어떤 종류의 합금으로 만들었는지 GS-1의 장갑은 쉽게 뚫리지 않았다.

갖은 소음과 포효. 검격에 부상을 입는 제임스의 모습이 생생하게 눈에 들어왔다.

혼신을 다해 휘두른 발톱에 GS-1의 어깨가 걸려 뽑혀 나가는 것을 끝으로 제임스는 털썩 무릎을 꿇고 앞으로 쓰러졌다.

스피드형 전투 로봇답게 GS-1은 경기장을 빙글빙글 돌며 제임스의 후면을 집중적으로 공격했고, 이 지능적인 전술에 제임스는 끝내 버티지 못했다.

20분간의 결투는 그렇게 GS—1의 승리로 귀결되었다.

변신이 풀린 제임스는 곧바로 경기장 밖으로 운반되어 백민주의 치료를 받기 시작했다.

경기는 곧바로 이어졌다. 데스 매치의 룰이었으므로 현재 상태의 GS—1과 권산의 경기가 속행되었다.

"역시 이건 착용하지 않는 게 좋겠어."

권산은 내공증폭벨트를 벗어 미나에게 넘겼다.

권산은 골판코끼리 갑옷을 입고 무라사키 중검을 등의 검집에 꽂은 채로 GS—1을 마주 보았다.

방패가 달려 있던 왼팔이 날려간 것 외에는 크게 동작에 문제가 없어 보였다.

경기 시작과 함께 권산은 이형보법을 펼쳤다. 1초 동안 잔상을 남기고 짧은 거리를 폭발적으로 이동하는 이형탈각의 기술이 펼쳐진 것이다.

그 순간 지켜보던 유럽 귀빈들의 시야는 물론 카메라에서도 신형이 사라졌다.

경기가 끝난 후 영상 분석 과정에서 초당 250프레임을 찍던 1대의 고속 카메라에나 겨우 모습이 잡혀 있을 정도였으니 얼마나 빠른 보법이었는지 알 만했다.

권산은 GS—1의 왼팔 방향으로 돌아가 옆구리를 향해 권법을 전개했다. 놀랍게도 GS—1은 몸통을 틀며 회피 동작에 들어가고 있었다. 안구 카메라에는 권산의 모습이 잡히지 않았으나 단거리 레이더에는 근접 공격이 감지된 것이다.

권산은 연속해서 전진보를 전개해 계속 품으로 파고들며 인간으로 치면 급소라고 할 만한 심장과 명치, 인후와 관자놀이를 연속해서 격타했다.

품에 안을 만큼 가까운 거리에서 연속 공격이 계속 펼쳐지자 GS—1은 아크로바틱한 동작까지 구사하며 권산을 떨치려 했지만 권산은 한 번 잡은 승기를 놓치지 않았다.

GS—1이 권산의 중심을 무너뜨리려 발차기로 하체를 공격해 오는 순간, 오히려 선풍각의 수법으로 몸을 띄워서 각법으로 머리를 찍어 내리고 한 바퀴 더 회전하면서 등 뒤 검을 뽑아 목을 날려 버렸다.

파츠츠츠.

푸르스름하게 뿜어져 나오던 검기가 잠시 검첨에 일렁이다가 사그라졌다. 절묘한 검기수발의 경지였다.

'이런 느낌이었군.'

GS—1의 골격은 초합금으로 물성이 단단하기 그지없었으나 검기로 베지 못할 만큼은 아니었다. GS—1을 넘어서는 스피드를 선보인 권산에게 좌중의 박수가 쏟아졌다.

너무 빨라서 제대로 보지는 못했으나 마지막에 로봇의 목을 쳐버리는 장면이 워낙에 인상 깊었다.

경기장의 흥분이 가라앉기 전에 GS—2가 바닥에서 모습을 드러내었다.

GS—2는 외장의 모습으로 보건대 스피드보다는 파워 쪽에 중점을 둔 듯했다.

GS—2는 올라오자마자 안구 램프가 붉게 물들었다.

'게오르그 박사가 많이 열받은 모양이군.'

쿵쿵거리며 뛰어오는 저돌적인 모습에 권산은 경기장 주변을 빙빙 돌며 최대한 시간을 끌었다.

GS—2는 워낙에 두꺼운 장갑을 두르고 있는 터라 방패 없이 두 자루의 대검을 풍차처럼 휘둘러 대었다.

쌍검의 공격 반경이 워낙에 커서 권산은 금세 궁지에 몰렸다.

'별수 없군.'

온몸의 기공을 끌어 올리며 권산은 양팔과 중검에 내공을 불어넣었다.

그야말로 전력을 다해 검기를 뽑아내는 것이다. 검첨에서 1미터에 달하는 검기가 뽑아져 나오며 명확한 형태를 갖추지 못하고 대기로 흩어졌다.

이는 권산이 아직 검기성강의 경지에 이르지 못하기 때문에 벌어지는 일이었다.

검기가 뽑어진 검은 GS—2의 대검만큼이나 길이가 길었고,

권산은 그대로 1백 합이 넘게 검초를 전개했다.

GS—2의 대검 한 자루가 검기를 견디지 못하고 깨져 나가자 권산은 빈틈을 포착하고 로봇의 무릎을 딛고 뛰어올라 후두부를 팔꿈치로 내리찍었다.

머리가 움푹 파이길 기대했으나 오히려 공격한 권산이 더 고통스러웠다.

'장갑을 도대체 몇 겹이나 쓴 거야!'

중심을 잃은 권산에게 GS—2의 대검이 떨어져 내렸고, 중검을 품에 끌어안고 간신히 방어했으나 그 압력에 무라사키 중검이 부러져 나가며 상체 갑옷이 완전히 벌어지고야 말았다. 권산은 몸을 굴려 간신히 GS—2의 공격권에서 벗어났으나 위기는 끝나지 않았다.

"오빠, 위험해!"

미나의 비명은 고도로 전투에 몰입한 권산에게는 들리지 않았다. 권산은 오직 GS—2를 공략할 방법을 필사적으로 궁리하고 있었다.

지금은 검을 잃은 적수공권 상태였고, 가장 강력한 권공인 통천권은 대지에 발을 디뎌야만 가능한 데다 로봇은 겉뿐만 아니라 속도 금속으로 들어차 있다.

인간의 연약한 내장과 달리 침투경이 위력을 발휘할 수 없는 구조라는 뜻이다. 뭔가 다른 수단이 필요했다.

'혹시 파옥권이라면?'

용살권법의 고급 기술에 속해 있기는 하지만 도무지 실전에서 효용을 찾을 수 없어 권산도 심도 있게 익히지는 않은 권법이다.

파옥권의 묘미는 상대의 겉을 파괴하는 데 있었는데 통천권과 같은 침투경이 아니라 전사경이 쓰였다.

효율적으로 적을 쓰러뜨리는 내가중수법을 놔두고 적의 겉을 공략하는 것은 한마디로 비효율의 극치였다.

'왜 진작 파옥권을 생각하지 못했을까?'

제아무리 단단한 청강석도 두부처럼 으깨는 파옥권이다. 그 원리는 기공을 이용해 물체를 두드려 가장 물체가 약하게 반응하는 진동을 찾아내어 내공을 이용해 공명시키는 데 있었다.

이는 단단하고 무르고의 문제가 아니었다. 대상이 한 가지 물질로 되어만 있다면 고유 진동 수만 파악해 어렵지 않게 파쇄할 수 있었다.

마침 GS-2의 대검 한 자루도 수명이 다해 깨져 나갔다. GS-2는 대검을 버리고 양 주먹을 무섭게 휘둘러 왔다.

권산은 회피보법을 밟으며 철룡벽의 초식으로 주먹을 방어하다가 빈틈이 보일 때마다 GS-2의 가슴을 두들겼다.

퉁!

투퉁!

그렇게 10여 회 두들기자 마침내 묵직한 느낌이 전해져 왔다.

'파옥권 10성이다.'

남은 내공을 모두 끌어 올리며 GS-2의 몸체를 두들기자 움푹 파이거나 금이 쩍쩍 가며 GS-2의 몸에 거미줄 같은 균열이 발생하기 시작했다

GS-2는 계속해서 몸을 뒤틀며 반격했으나 이미 공격 패턴을 눈에 익힌 권산을 더 이상 맞출 수는 없었다.

우적우적!

쿠쿠쿵!

장갑의 이음매가 깨지며 파편이 마구 몸에서 떨어져 나갔고, 양팔과 다리까지 몸에서 분리되어 깨져 나갔다.

마지막으로 권산의 주먹이 GS-2의 머리에 작렬하자 로봇의 머리가 산산조각으로 부서지며 우우웅 하는 소음과 함께 가동을 멈췄다.

"하아, 하아!"

결국 권산은 본신의 힘으로 GS시리즈를 꺾는 데 성공했다.

관제실에서 게오르그로 추정되는 인물의 고함과 절규가 들려왔다.

권산은 경기장을 나가 백민주의 치료를 받으며 털썩 자리에

주저앉았다.

뜨거운 박수 소리가 쉼 없이 필드에 울려 퍼졌다.

"GS 기종도 대단했지만, 저 헌터는 정말 강하군."

"헌터의 능력이 저 정도일 줄이야."

"어떻게 맨주먹으로 저 장갑을 깨부술 수 있지. 믿을 수가 없군."

슈미트 회장이 지팡이를 짚고 권산에게 걸어와 악수를 청했다. 권산은 자리에서 일어나 악수를 받았다.

"이번 경기로 GS 기종에 뭐가 부족한지 많이 배우게 됐네."

슈미트는 허리를 숙여 권산에게 살짝 귓속말을 속삭였다.

"자네의 강함에 경의를 표하지, 쿵푸 마에스터."

슈미트는 권산의 옆에 서 있는 미나에게도 말을 걸었다.

"약속은 약속. 제시한 조건으로 거래합시다. 훌륭한 비즈니스였소. 빠른 시간 안에 우주 기지 건설용 발사체를 만들어 드리리다."

미나는 슈미트와 힘차게 악수를 나눴다.

"호의에 감사드립니다. 좋은 거래 부탁드립니다."

3장
암천마제

뉘른베르크에서 일정을 마치자 제임스는 영국으로 돌아갔고, 권산과 이미나, 백민주는 한국행 비행기에 몸을 실었다. 그렇게 고도 20,000m로 중앙아시아 상공을 지나갈 무렵 위성 전화를 통해 권산에게 연락이 왔다.

차슬아 마스터의 연락이었다.

─권산 헌터님, 중국의 용살문이라는 곳에서 긴급한 일이 있다고 연락이 왔어요. 연락한 사람은 홍련이라는 사람이에요. 연락처도 남겼어요.

홍련은 이광문의 마지막 제자로 권산에게는 사매가 된다.

홍련이 연락했다고는 하지만 사실상 이광문이 자신을 찾는 것일 터였다.

자신의 거처를 알지 못했을 텐데 방송을 타는 등 여러 가지로 노출되어 사문에서도 그의 소재를 파악한 모양이다.

권산은 비행기의 위성 전화로 홍련이 남긴 번호에 전화를 걸었다.

"홍련 사매, 나야."

─오사형! 왜 이렇게 연락 한번 하기 힘들어요?

뾰족하게 벼린 어투의 중국어가 수화기 너머로 들려왔다.

"미안해. 좀 바빴어. 스승님은 건강하시지?"

─몰라요. 사부님이 빨리 오라고 하니까 얼른 오기나 해요.

권산은 미나에게 부탁하여 전용기를 북경에 한 번 기착시켰다.

미나는 한국에 오면 꼭 회사에 찾아오라고 신신당부를 하고 떠나갔다.

권산은 양팔로 꼭 안아주고는 손을 흔들었다.

권산은 공항을 빠져나오는 내내 머릿속이 복잡했다. 가벼운 안부나 나누자고 부를 스승이 아니었다.

이광문의 성격상 무척 중차대한 일일 것이다.

권산이 홍련과 약속한 장소에서 그녀를 기다리고 있자 오래지 않아 붉은색 지프차 한 대가 멈춰 섰다.

"오사형, 타요!"

권산은 차에 올라타 오랜만에 만난 홍련을 바라보았다.

7년 만에 만난 사매는 소녀에서 완연한 성숙미가 넘치는 여인으로 변모해 있었다.

170㎝가 넘는 큰 키와 잘 발달된 근육이 몹시 잘 어울렸다.

"못 알아보게 컸군. 사형들도 모두 잘 있지?"

"일사형, 이사형, 삼사형은 모두 독립했고요, 사사형은 저와 용살문에 남아 있는데 다들 잘 계세요. 물론 제일 정정한 것은 사부님이지만요."

지프는 북경의 남서쪽 80㎞에 위치한 삼황산(三皇山) 방향으로 달려갔다.

바로 용살문이 터를 잡은 곳이다.

중국인들의 선조 격인 복희, 여와, 신농을 모시는 삼황묘로 유명했는데, 천, 지, 인의 세 개의 봉우리 중 용살문이 있는 곳은 천봉이었다.

지프는 비포장의 산비탈을 타고 급경사 지대를 계속해서 올라갔다.

"차로 들어갈 수 있어?"

"사륜구동을 괜히 모는 줄 아세요? 한두 번 해본 거 아니니까 걱정 푹 놓으세요."

권산에게 홍련은 아직도 소녀로 느껴지는 게 사실이라 왠지 썩 믿음이 가지 않았다. 겨우 마음을 안정시키며 카르스트 지형이 만들어낸 천애의 절벽 지형을 가만히 감상했다.

가을 단풍에 물든 한 폭의 동양화가 창문 너머로 흘러갔고, 수없는 덜컹거림 끝에 용살문이라는 편액이 적힌 장원이 나타났다.

'용살문, 오랜만에 돌아왔군.'

장원의 정문에선 용살문의 네 번째 제자이자 권산에게는 사사형이 되는 등자룡이 서서 그를 맞이했다.

"오랜만입니다, 등 사형. 그간 잘 지내셨는지요?"

호리호리한 체구에 잘생긴 외모를 가진 등자룡은 그의 트레이드마크라고 할 수 있는 사람 좋은 미소를 지으며 권산의 등을 두드려 주었다.

"한국에서 군 생활 하느라 오사제는 팍 삭았군. 군대가 무섭긴 무서워. 그렇지?"

"두 번 다시 가고 싶지 않은 곳입니다."

등자룡은 하하 웃고는 권산과 함께 장원으로 들어섰다.

차를 차고에 넣은 홍련도 그 뒤를 따라붙었다.

"사부님이 오사제를 많이 그리워하셨어. 이번에 왜 부르셨는지는 모르지만 앞으로 자주 좀 찾아뵈어."

등자룡과 권산은 연무장으로 걸어갔다. 청석이 깔린 넓은 연무장의 중심에는 회색의 수련복을 입은 백발 백염의 노인이 권법의 기수식을 취하고 있었다. 셋은 숨소리도 제대로 내지 않고 이광문의 권법 수련이 끝날 때까지 기다렸다.

'스승님의 경지는 한 단계 깊어지셨군. 형은 형이되 구애받지 않는 듯 자유로운 수발이다.'

이광문이 셋을 돌아보자 권산이 먼저 앞으로 나서서 이광문에게 큰절을 올렸다.

"제자가 돌아왔습니다, 스승님."

이광문은 가만히 다가와 권산의 어깨를 짚으며 말했다.

"너의 무술이 바깥세상에서도 통하더냐?"

"스승님의 말씀처럼 강권으로 괴수를 상대할 수 있었습니다."

"몇 수 겨뤄보자."

둘은 마주 보고 기공을 배제한 채 초식만으로 수십 합을 주고받았다.

외공만으로 펼친 용살권법이었으나 강맹함은 여전하여 공기가 팡팡 터져 나갔다.

이광문이 팔을 떨치며 뒤로 물러섰다.

"연환권을 가르친 적이 없는데 강권을 연환식으로 펼치는 게 제법 능숙하구나. 얼마나 실전을 경험했는지 알겠다. 검법의 경지는 어떠하느냐?"

"아직 검기성강의 벽에 막혀 있습니다."

이광문은 한 손으로 흰 수염을 천천히 쓰다듬으며 껄껄 웃음 지었다.

"네가 천재는 천재로구나. 내 대에 검기성강의 경지를 견식할지도 모르겠어. 역시 내 예견대로 네게 이 이야기를 할 때가 된 게지. 따라오너라."

이광문이 장원의 후문을 빠져나가 절벽의 잔도를 거쳐 큰 바위 사이로 한참을 들어가자 묘한 위치에 숨겨진 초옥이 나타났다.

스승이 간혹 수련을 위해 이곳을 찾는다는 것은 알고 있었다.

선조들의 위패를 모신 사당을 겸한 곳 정도로 알고 있었고, 특별히 자주 와본 곳은 아니었다.

스승은 초옥으로 들어가 안방의 바닥에 깔린 건초 더미를 걷어내고 바닥의 판자를 열어젖혔다.

끼이익.

열린 판자의 너머로 시꺼먼 어둠이 들어차 있다. 이광문은 판자 너머로 연결된 수직 사다리를 통해 먼저 아래로 내려갔다.

권산이 뒤이어 내려가자 이광문은 암동의 초입에 걸려 있던 횃불에 불을 붙였고, 이광문과 권산은 끝도 없이 이어지는 동굴 통로를 하나의 불빛에 의지해서 걸어 들어갔다.

'이렇게 큰 동굴이 초옥 아래 숨겨져 있었다니.'

이곳에서 10년을 산 권산도 전혀 몰랐던 사실이다.

동굴에는 습기가 맺혀 생긴 물방울 떨어지는 소리와 둘의 발자국 소리, 이광문의 낮은 음성만이 들려왔다.

"우리의 사문인 용살문의 용살(龍殺)이 무슨 뜻인지 아느냐?"

"모르겠습니다."

"너는 나보다는 낫구나. 내 사부가 내게 그리 물었을 때 나는 전설의 동물인 용이 아니냐고 되물었었지."

권산은 쓰게 웃음을 지었다.

용은 그저 상징적인 의미 정도로 이해했을 뿐 사문의 명칭이나 무술의 이름에 대해 그리 깊이 생각해 본 적이 없는 것은 사실이다. 이광문의 말이 계속 이어졌다.

"용(龍)이란 사문의 불구대천 원수인 암천마제를 뜻한다. 사문의 개파조사께서 그를 필살하겠다는 의지로 사문의 이름을 그리 짓고 무술을 창시하신 것이 우리 사문의 시작이었다. 이제부터 암천마제가 누구이며 왜 네게 그 이야기를 하는지 설명하겠다."

암천마제.

그는 무려 1천 년 전 송나라 대에 등장한 무인이다. 천하를

오시할 강력한 마공을 익혀 단신으로 수만 명을 도륙한 천고의 미치광이였다.

무술의 시초라고 하는 달마조차 넘어서는, 자타가 공인하는 고금제일인이 바로 그였다.

그의 무차별적인 살행은 무인과 백성을 가리지 않았고, 용살문의 조사인 정천의 일가친척이 살던 집성촌 역시 그의 살겁에 말려들면서 한날한시에 모두가 도륙되어 죽었다.

도문에 귀의한 정천 조사는 소식을 듣고 하산하여 모든 이의 죽음을 접하게 되었고, 다시는 도문으로 돌아가지 않았다.

이후 암천마제를 죽이기 위하여 혼신의 힘을 다해 일생을 바쳤고, 이것이 용살문의 탄생이었다.

암천마제에게 원한이 있는 많은 무인들이 모여 한때는 1천 명이 넘는 대문파로 성장했으나 정천 조사는 물론 그들 대부분도 암천마제의 손에 세상을 하직하고야 말았다.

"그는 미치광이였으나 무신의 경지임에는 틀림없던 모양이다. 아무리 많은 수의 무인이 몰려가도 그를 죽일 수가 없었음에야. 그런데 더 억울한 점은 무슨 이유에선지 암천마제는 늙지도 않았어. 그가 도달한 무의 경지 때문인지, 아니면 암천마공의 고유한 특징 때문인지, 뭔가 다른 이유에선지 생로병사에서 완전히 자유로워 그야말로 불사신이었지. 그는 그 오랜 시간을 살아가며 용살문의 도전자들을 모두 죽여왔다. 정천 조사님 이래로 용살문 역사에 다섯 손가락 안에 드는 고수인 37대 검신룡 조사님 역시 암천마제를 넘어서긴 역부족이었지. 그분이 창안한 용살검법 후반 3식도 암천마공을 당해내지 못한 게야. 중국 역사에 민란으로 기록된 수많은 내전 동안 암천마제는 자유자재로 살겁을 계속했고, 우리는 1천 년 동안 치욕과 원한을 태산처럼 쌓아만 뒀지."

권산은 발가락부터 일어난 소름이 목을 타고 오르는 듯한 한기를 느꼈다. 미지의 공포감이 엄습한 것이다.

"설마 아직도 그가 살아 있는 겁니까? 1천 년 전의 사람인 그가요?"

이광문이 고개를 저었다.

"그건 알 수 없다. 다만 1백 년 전, 핵전쟁 직전까지 그는 분명 살아 있었어. 검신룡 조사와의 대결을 끝으로 그의 종적은 더 이상 찾을 수 없었으니까. 그러나 나는 그가 죽었으리라 생각하지 않는다. 그가 돌아오면 이 사부는 역대 조사님들이 그러한 것처럼 그에게 도전을 해야 해. 너를 데려온 건 내가 불의한 일로 죽었을 경우 이곳의 비밀을 누군가는 알고 있어야 하기 때문이다."

이광문은 동굴 끝에 광대하게 넓어지는 둥근 공간이 나타나자 벽에 설치된 화로들을 한 바퀴 돌며 불을 붙였다.

이윽고 공동 전체가 훤하게 밝혀져 시야가 트였다.

그 넓은 구역에는 사람 키만 한 직육면체 석판 수백 개가 도서관의 책장처럼 규칙적으로 세워져 있었다.

석공이 공구로 연마한 듯 판판한 면에는 여지없이 빽빽한 문장이 한문으로 음각되어 있었다.

"1천 년 전부터 용살문이 쌓아온 모든 무술의 구결이 이곳에 있다. 개파조사 시절부터 전 중국에서 고수들이 본 문에 모여들어 오로지 한 가지 목적을 위해 본신절기를 남겼음이다. 모두 이 용살비동에 잠들어 있지. 무한의 수명을 가진 암천마제를 상대하기 위해서 용살문의 역대 조사들은 방대한 기록과 후진 양성에 사활을 걸었어. 안타깝게도 검신룡 조사님은 미처 준비되지 못한 채로 암천마제와 맞닥뜨렸고, 그 바람에 그분이 창안한 용살검법 후반 3식의 온전한 구결이 이곳에 남지 못하게 되었다. 너는 핵전쟁 중에 구결이 소실되었다고 알고 있었겠지만 이는 사실이 아니다. 이를 반면교사 삼아 너도 네가 무술을 창안한다면 그 오의를 이곳에 남겨 후대에 전승할 의무가 있다."

"알겠습니다, 스승님."

이광문은 권산의 어깨를 짚어주고는 더없이 진지한 음색으로 공동을 향해 외쳤다.

"이제부터 용살문주의 권한으로 네가 이곳에 잠든 선조들의 무술을 익힐 권리를 부여하겠다! 용살문 40대 제자 권산은 선조들에게 예를 올려라!"

권산은 땅에 털썩 무릎을 꿇고 공동의 석판을 향해 아홉 번의 절을 올렸다. 사문 조상들의 혼이 잠든 곳이다.

당대에 암천마제가 다시 나타날지는 알 수 없는 일이지만, 용살문에 몸을 담은 이상 사명이 오면 어떻게 행동해야 할지는 정해져 있었다.

권산의 음성이 공동을 쩌렁쩌렁하게 울렸다.

"암천마제를 반드시 죽이겠습니다!"

이광문은 권산의 어깨를 잡고 일으켜 세우더니 두 눈을 마주치며 중후한 음색으로 읊조렸다.

"용살비동의 전승은 오직 당대의 문주와 적전 제자 일 인에게만 전해진다. 나는 너를 내 다음 대 문주로 정했고, 네 사형제들에게도 그리 알려두었다. 그러하니 너 역시 사형제들에게는 이 동굴에 대해서 비밀로 해야 하며 오직 내가 죽거나 네가 제자를 들이지 못할 상황이 왔을 경우에만 사형제 중 일인에게 전승하도록 해라."

권산은 의아했다. 강대한 적을 상대하는 데 사형제들은 큰 도움이 될 터였다.

용살비동은 사형제들의 무술 성취를 높이는 데 큰 도움이 될 것이다.

"사형제들은 믿을 수 있지 않습니까?"

이광문은 고개를 저었다.

"용살비동의 가치는 네가 생각한 것보다 대단하다. 청나라 말기에서 근대의 격동기를 거치며 얼마나 많은 무문이 절맥되었는지 너는 모를 것이다. 용살비동의 천년 역사에는 그렇게 절맥된 많은 무문의 비전이 담겨 있음이다. 사형제를 믿는 건 좋으나 천려일실의 우를 범치 않기 위함이니 너도 이 원칙을 지키기 바란다."

"알겠습니다, 스승님. 한데 사형제들은 본 문의 원수인 암천마제의 존재를 알고 있습니까?"

이광문은 무겁게 가라앉은 안색으로 고개를 끄덕였다.

"그 사실은 모두가 알고 있다. 지금 장원에 나가 있는 첫째와 둘째, 셋째가 암천마제의 추적을 맡고 있으니 단서가 잡히는 대로 연락이 올 것이다. 너는 그동안 원하는 만큼 이곳에 머물며 수련해도 좋다. 비동의 입구를 숨긴 초막에 충분한 비상식량을 보관해 두었다."

이광문과 권산은 일단 길을 되짚어 용살문으로 돌아왔다.

등자룡과 홍련이 다가와 어디에 다녀온 것인지 물었으나 그냥 산보를 하며 그동안 있었던 이런저런 이야기를 나눴다고 얼버무렸다.

홍련이 의심스러운 눈초리로 눈을 흘겼으나 권산은 뒷머리를 긁으며 먼 산을 바라보았다.

"오사형도 참 거짓말은 못하는 사람이란 말이야. 됐어요. 식사 준비 다 됐으니 밥이나 먹어요."

넓은 장원의 관리를 위해 몇 명의 일꾼과 찬모가 있었는데 모두가 한자리에서 같이 식사를 했다.

사람이 많이 바뀌었는지 중년의 한미향이라는 찬모만이 낯이 익었다.

그녀는 권산이 7년 전 장원을 떠나기 직전에 들어와서 잠깐 얼굴을 본 사이였다.

권산은 고개를 숙여 인사를 하고 사형제들, 이광문과 함께 원형의 식탁에 둘러앉았다.

"오랜만에 다섯 번째 제자가 돌아왔으니 그걸 꺼내 와라."

등자룡이 씨익 웃으며 어딘가로 사라졌다가 흙이 묻어 있는 항아리 하나를 가져왔다.

"7년 묵은 여아홍을 꺼내시다니 사부님은 역시 오사제만 편애하신다니까요."

"산이 몫으로 만든 것이니 꺼내는 것이 당연하지 않느냐?"

홍련이 새침하게 웃으며 이광문을 쏘아보았다.

"사부님, 물론 제 몫으로도 어딘가 여아홍을 담가두셨겠지요? 저 시집갈 때 꼭 꺼내셔야 해요? 호호호!"

이광문은 나이로는 손녀뻘인 그녀의 재롱에 너털웃음을 터뜨리며 홍련의 머리를 쓰다듬었다.

사문의 식구들과의 저녁 식사는 즐거웠고, 여아홍의 독한 취기와 알싸한 홍취는 오랜만에 고향에 돌아온 것 같은 아련함을 선사했다.

나기는 한국에서 났으나 유소년기를 용살문에서 보낸 그에게는 사실상 이곳이 고향이나 진배없었다.

다음 날 아침이 밝자 사형제들과 연무장에서 아침 수련에 들어갔다.

삼황산의 운무가 산자락을 타고 내려오고, 그 기운을 마시며 등자룡과 홍련은 합을 맞춰 용살권의 초식을 전개했다. 권산이 배우지 못한 연환권이었다.

빠르기로는 번자권에 버금가는 손동작이 권, 장, 지, 수, 금나로 자유자재로 변형되어 상대의 요혈을 두들기는 것이 한번 저 박자에 말려들면 꼼짝없이 당할 듯했다.

꽝꽝!

바람을 가르는 손동작과 속도를 보니 등자룡의 성취가 홍련보다 두 단계는 더 높아 보였다.

이광문에게 자신도 저 연환권을 가르쳐 달라고 할까 생각했으나 권산은 고개를 가로저었다.

무술이란 육체를 이용해 살상력을 극대화시킬 수 있는 정형화된 틀을 의미한다.

이를테면 '쾌'를 근간으로 하는 틀에 오랜 기간 육체를 맞추다 보면 근육은 날렵해지고 신경은 번개와 같아진다.

이러한 육체를 가지고 '중'을 근간으로 하는 무술을 수련하려고 하면 되레 '쾌'의 무술 실력이 감퇴하는 결과가 따라온다.

다다익선이라고 마구잡이로 무술을 익힐 것이 아니라 자신의 몸과 상성이 좋고 여태껏 쌓아온 수련과 충돌하지 않는 방향으로 채택하는 것이 현명했다.

권산은 연무장 한편에서 강권의 초식을 연이어 전개했고, 동작이 점차 격렬해지자 바닥에 깔린 청석이 진각을 버티지 못하고 쩍쩍 갈라졌다.

"워워, 오사제, 진정해. 연무장 다 박살 내겠어."

권산은 등자룡의 말이 들려오자 그제야 호흡을 정돈하며 권초를 마무리했다.

그가 말리지 않았다면 청석 서너 개에서 끝나지 않았을 것이다.

삼황산의 정순한 기운을 호흡해서 그런지 평소보다 동작에 힘이 많이 실린 탓이다.

"역시 익숙한 곳이라 그런지 수련이 잘되네요, 등 사형."

아침 식사를 마친 뒤 권산은 홍련에게 어떤 리스트가 적힌 쪽지를 건네주었다.

"당분간 절벽의 초옥에서 수련할 생각이야. 거긴 없는 게 많으니 사매가 용품을 좀 사다 줬으면 좋겠어."

"태양 충전식 랜턴, 로프, 배낭, 식량, 배터리, 모포… 뭐 이리 많이 적었어요? 특히 랜턴은 이렇게나 많이요? 이거 지프가 가득 차겠는데요."

"응. 부탁해."

홍련은 새침한 표정을 지으며 팔짱을 꼈다.

"흥! 이거 뭔가 수상한데. 뭐, 어찌 되었든 사오긴 할게요. 대신 종종 내 수련 좀 봐줘요. 요즘 막혀 있는 초식이 있어서요."

"오케이. 그리고 인식표 좀 줘봐."

홍련은 목걸이로 차고 있던 신분증 및 전자 지갑 겸용 인식표를 내밀었고, 권산은 자신의 인식표와 근접시킨 뒤 전자화폐를 즉시 이체했다.

"사매가 장원의 재무를 담당하고 있다며? 10억 원 이체했어. 물품 좀 사고 남는 돈은 장원 살림에 보태도록 해."

홍련의 입이 쩍 벌어졌다.

사실 용살문이 궁핍한 생활을 하는 처지도 아니고 이렇게 큰돈이 필요한 곳도 아니었다.

"사형, 정말 돈을 많이 버셨나 보네요. 사양 않고 받을게요.

내려가는 김에 식료품도 좀 잔뜩 사오고요. 호호호!"

홍련이 신이 나서 지프를 몰고 하산하자 권산은 장원의 후
문을 나서 잔도를 통해 용살비동으로 떠났다.

4장
유궁의 경지

　초옥에는 이광문의 말대로 비교적 새것으로 보이는 비상식량 상자 여러 개가 집 안에 쌓여 있었다. 오래 지낼 듯했기에 집을 한 바퀴 돌며 여기저기를 살펴보았다.

　'좀 과장해서 500년 전 집처럼 보이는군.'

　이곳에서 역대 많은 사조들이 거했을 터이다. 초막 안의 가구나 침상도 완전히 삭아버렸을 줄 알았는데 중간 보수를 했는지 건물의 외형을 제외하고는 그럭저럭 생활은 가능할 듯했다.

　권산은 용살비동에 들어가기 전에 증강현실 렌즈와 웨어러블 컴퓨터(WC)의 전원을 껐다. 지금부터 용살비동 안에서 보게 될 많은 무술의 구결들을 영상 기록으로 남겨선 곤란했다.

이광문이 한 것처럼 동굴 입구부터 횃불을 들고 들어가 공동에 이르자 엄청난 수의 석판이 모습을 드러내었다. 권산은 차분히 걸음을 옮기며 각 석판에 적힌 한문을 빠르게 훑어보았다. 구결은 용살문 특유의 한문 파자법으로 기록되어 있었고, 당연하게도 해독법을 배우지 않은 사람은 해독이 불가능한 구조였다.

'그렇지만 어차피 인간이 만든 암호 체계인 이상 파자법만 믿을 수는 없다. 영상으로 남겨선 안 돼. 필요한 것 모두 기억에 넣고 가자.'

석판의 개수는 총 350개, 그중 50개는 암천마제와 관련된 역사적 기록이었다. 어떤 악행을 했고, 용살문의 선조들이 그와 대결하여 어떻게 죽었는지 상세하게 나와 있었다.

무술의 오의에 관한 석판은 300개로 100여 개는 무술이라 보기는 힘들었으나 기기묘묘한 공능이 있는 잡공 계열이었고, 100여 개는 지금은 절맥된 중국 여러 문파의 기본공의 구결과 몸동작 그림이 기록되어 있었다.

상승의 무학이라 할 만한 것은 100여 개로 권장지각은 물론 십팔반병기를 아우르는 여러 절기들이 기록되어 있었는데 특히 용살문 역사에 손꼽히는 고수들인 1대, 5대, 17대, 29대

조사가 남긴 오의가 많았다. 아무래도 쌓아 올린 경지만큼 깨달음도 크기 때문인 듯했다. 37대 검신룡 조사 역시 다섯 손가락 안에 드는 고수로 칭송받았으나 용살검법 후반 3식이 반쯤은 실전되었던 것처럼 기록을 별로 좋아하지 않은 성격이었는지 그가 남긴 석판은 오직 2개뿐이었다.

'하나같이 대단한 절기들이군. 이 중에 파산경에 대한 구결도 있을까?'

권산은 역사 석판에서 5대 조사인 천붕자를 찾았다. 그가 바로 용살권법의 최고 경지이자 초식인 파산경에 도달한 유일한 무인이기 때문이다. 당대에는 권왕으로 불릴 만큼 높은 권법의 경지를 이룩했고, 실제로 암천마제와의 대결에서 파산경을 적중시켜 암천마제를 무너지는 암산과 함께 묻어버리기까지 했다고 석판에 기록되어 있었다. 그러나 파산경을 적중시킴과 동시에 무음 무색의 암경에 당해 절명했고, 암천마제는 심각한 부상을 입긴 했으나 검은 기류와 함께 바위를 깨고 솟구쳐 사라졌다고 기록되어 있었다.

'파산경도 암천마공을 완벽히 깨뜨리지 못했군.'

권산은 천붕자가 남긴 무술을 쭉 훑어보았다. 상당한 수준의 무학이 다수 보였으나 현재 권산의 경지에서 볼 만한 것은 역시 파산경뿐이었다.

석판의 문구는 경고로 시작하고 있었다.

파산경.

유궁(有窮)의 경지에 도달하지 못했다면 이 구결의 연공을 금한다.

유궁의 경지란 용살기공을 대성한 뒤 육신의 한계에 대한 깨달음을 얻는 첫 번째 탈각의 경지였는데 무술사에서는 흔히 화경으로 통하는 경지였다. 기본적으로는 용살기공 10성에 1갑자의 내공은 필수 요소였다. 안타깝게도 권산은 수치적으로는 용살기공 10성에 1갑자의 내공을 쌓은 상태였으나 아직 유궁의 깨달음을 얻지는 못한 상태였다.

'유궁의 경지가 먼저였던가?'

권산은 파산경의 구결을 더 읽지 않았다. 아직 시간은 많았고, 성급함으로 정신이 흐트러지면 주화입마를 부를 위험이 있어서였다. 그렇게 횃불을 들고 공동을 돌며 다섯 가지 무술을 추려내었다. 현재의 부족함을 채울 수 있는 최고의 오의가 깃든 무술이었다.

십자파황검(十字破荒劍).

벽력탄강기(霹靂彈罡氣).

출룡십삼각(出龍十三脚).

천운뇌격창(天雲雷擊槍).

운룡신법(雲龍身法).

　권산은 다섯 가지 무술의 구결을 집중적으로 암기했고, 뇌리에 박아 넣을 만큼 수십 번 반복한 뒤에야 초옥으로 돌아왔다. 얼마나 시간이 지났는지 휘영청 떠오른 초승달이 권산을 반겼다. 권산은 짙은 어둠을 뚫고 장원으로 돌아와 스승의 거처로 향했다. 무슨 일인지 이광문의 처소는 밤이 깊도록 불이 꺼져 있지 않았고, 권산은 조심스러운 어조로 입을 열었다.

　"스승님, 권산입니다."

　"들어오거라."

　처소 안에는 작은 호롱불에 의지해 불을 밝히고 침상에 좌선한 이광문이 있었다. 주황빛 불빛에 백염, 백미가 끊임없이 일렁이는 그림자를 만들어내고 있었다. 이광문이 천천히 눈을 뜨자 한 줄기 맑은 빛이 반짝이다가 사라졌다.

　"무슨 일로 왔느냐?"

　권산은 낮은 음색으로 천천히 말했다.

　"유궁의 경지에 대한 배움을 얻고 싶습니다."

　"유궁의 경지라······."

　이광문은 서탁에서 두루마리 하나를 꺼내 권산에게 건넸

다. 권산이 받아서 펼치자 한 폭의 미인도였다. 대단한 실력의 화공이 그렸는지 그림 속의 미인이 화폭을 찢고 세상으로 뛰쳐나올 듯한 생동감이 느껴졌다. 이광문은 그림에 시선을 뺏긴 권산을 지그시 보며 입을 열었다.

"내가 경험하지 못한 경지를 네게 가르쳐 줄 수는 없는 노릇이다. 다만 유궁의 경지에 도달한 역대 조사들의 기록을 기반으로 나름의 수련법을 만들었으니 이를 통해 탈각을 이루거라."

이광문이 제시한 수련법은 바로 와유(臥遊)였다. 땅에 등을 대고 하늘을 보며 천지인(天地人)을 느끼는 수련법이다. 동시에 천장에 걸어놓은 미인도를 보며 경계의 안과 밖, 피상과 현상의 비교를 통해 잠재되어 있는 자아의 본질을 깨닫는 것이다. 권산은 이광문에게 큰절을 하고 자신의 숙소로 돌아갔다.

다음 날 권산은 홍련이 사온 물품을 산더미처럼 짊어지고 초옥으로 향했다. 초옥에 물품을 정리한 후 미인도를 처마 밑에 걸고 마당에 드러누웠다. 와유 수련을 위해서였다. 초겨울이 다가와서 땅이 차가웠으나 무거운 짐을 들어서인지 등에 땀이 배어나 춥지 않았다. 그렇게 한 달 동안 반나절은 와유 수련을 하고 반나절은 용살비동에서 얻은 다섯 가지의 무술을 수련했다.

권산은 푸른 하늘을 바라보았다.

'하늘은 무궁(無窮)하고 무극이지만 한편 유궁(有窮)하고 끝이 있기도 하다. 하늘은 무궁과 유궁의 통일체이다. 유한한 우주는 육합의 안[六合之內]에 있고 하나의 입면체이며 크기를 잴 수 없을 만큼 크지만 인간의 재단 속에서는 유한하다. 무한한 하늘과 우주를 육합의 바깥 육합지외라 한다면 이것은 무극이요, 이를 내 안에 담는다면 또한 이는 유궁이다.'

권산의 몸은 누운 상태로 천천히 땅에서 떠올랐다. 미지의 무색 기류가 몸을 휘돌아 신체를 들어 올린 것이다.

권산은 유궁의 깨달음에 도달했다. 때마침 불어온 바람에 미인도가 펄럭이며 하늘로 날아올랐다. 시간이 느려지며 땅에서 올라오는 흙냄새와 바람의 흐름이 생생하게 느껴졌다. 허공에 떠오른 미인도의 미인이 마침내 화폭을 뚫고 허공으로 뛰쳐나왔다.

하늘하늘한 선녀의 옷자락이 권산의 전신을 감싸 안았다.

깨달음은 일종의 환희였다.

권산은 고도의 집중을 유지하면서 온 정신이 몰입의 상태에 도달했다. 흔히 물아일체, 혹은 무아경과도 같은 단계였다. 본래 인간은 완벽한 깨달음의 존재이나 물질계에 태어나며 몇 겹의 혼탁한 때가 끼는데 이를 벗기는 것을 탈각이라 했다.

권산은 첫 번째 때를 벗었으며, 이로써 탈각을 했다. 전신의 땀구멍에서 끈적끈적한 검은 땀이 배어 나왔는데 지독한 악취가 풍겼다. 탁기가 배출되어 혈맥은 더욱 넓고 깨끗해졌고, 두 배는 커진 단전에 자연의 기가 모여들어 순식간에 2갑자의 내공에 도달했다.

몸이 새털처럼 가벼웠다.

권산은 이제껏 수련한 모든 종류의 무술을 차근차근 펼쳤다.

위력과 속도가 비교할 수 없이 늘어 마치 새로운 무술을 보는 듯했다. 한바탕 초식을 펼치고 나자 초옥 쪽에서 이광문의 호흡이 느껴졌다. 권산이 수련을 마칠 때까지 깨달음에 방해될까 하여 숨조차 조심하며 지켜본 것이다.

"정말 놀랍구나. 이렇게 빨리 유궁의 경지에 도달하다니."

"모두 스승님의 은덕입니다."

"아니다. 모두 너의 재능이고 노력이다. 실로 사문의 홍복이구나. 저녁 시간에 모두에게 알리도록 하자. 검신룡 조사님 이래로 3대 만에 나온 유궁의 경지구나. 생각한 것보다는 빠르지만 네가 하산해서 해줘야 할 일이 있다."

"어떤 일입니까?"

"저녁에 이야기하자꾸나."

이광문이 떠나자 권산은 지독하게 냄새가 나는 옷을 벗고 몸을 씻었다. 조금씩 눈발이 날리고 얼음이 얼어오는 날씨였으나 전설에나 나오는 한서 불침의 신체를 갖게 된 것인지 어지간해선 춥지도 않았다.

권산은 새 옷으로 갈아입고 가장 먼저 용살비동에 들어 파산경의 석판 앞에 섰다. 홍련이 사온 랜턴이 사방에 설치되어 동굴은 환하게 밝아져 있었다.

'파산경(破散經), 산을 깨부수는 권법의 오의는 무엇일까?'

권산은 차근차근 구결을 읽으며 놀라움을 금치 못했다. 파산경의 구결이 가진 오의는 크게 두 가지였다.

첫 번째는 극한으로 집중된 발경이었다. 타격 면이 넓으면 같은 힘이라도 파괴력이 분산되지만 타격 면이 절반으로 좁아지면 같은 힘이라도 파괴력이 두 배로 증가된다. 이는 간단한 물리학이다. 파산경의 발경은 바위산도 박살 내는 막대한 경기를 바늘처럼 좁고 날카로움의 끝으로 수렴시키는 데 비결이 있었다.

두 번째는 내공반탄의 개념이었다. 통천권이 진각을 통한 대지의 충격파를 근육과 척추뼈를 통해 주먹으로 옮겨서 침투경을 만들어내듯이 파산경은 기경팔맥에 제각각의 방향을 갖는 8개의 내공 파도를 만들어 그 파도의 중첩과 충돌로 인해 얻어지는 충격파를 고스란히 장법의 발경으로 분출하는 구결로 구성되어 있었다.

권산은 이를 보고서야 왜 유궁의 경지에 도달해야만 파산경을 펼칠 수 있는지 깨달았다. 넓어진 혈맥과 단전을 갖추지 못한 채로 기경팔맥에서 위상이 다른 내공을 충돌시켰다가는 온몸이 산산조각으로 터져 나갈 것이 자명했다.

'정말 무술의 경지는 끝이 없구나.'

권산은 초옥을 정리하고 장원으로 향했다. 사형제들에게 자신의 성취를 알리고 무슨 일로 하산해야 하는지 들어봐야 했다. 권산이 급한 마음에 보법을 펼쳐 장원의 후문으로 들어서자 어딘가에서 그를 지켜보는 자가 있었다. 일렁이는 불빛에 어둡고 그늘진 곳에 가려 있던 누군가의 얼굴이 드러났다. 바로 찬모로 일하는 한미향이었다. 평소의 인자한 표정은 온데간데없고 싸늘한 미소만이 그녀의 얼굴에 자리하고 있었다.

'회에서 왜 용살문의 무술을 그리 경계하는지 알겠군. 저렇게 전광석화 같은 보법이라니… 이광문은 대체 어디에 비전을 숨겼을까? 많은 비전을 전승하고 있다는 정보는 확실한데.'

한미향은 부엌 방향으로 발걸음을 옮겼다. 7년이 허송세월이 되어서는 곤란했다. 그동안 정보를 빼내기 위해 가진 수를 다 썼으나 도저히 비전의 위치를 알아내지 못했다. 이대로 돌아갔다가는 죽음보다 더한 굴욕만이 기다리고 있을 뿐이다. 슬슬 승부를 던져야 할 시점이 오고 있었다. 자신이 모시는 분은 회 내에서 가장 세력이 약하다. 다른 두 세력에 밀리지 않기 위해서는 자신 같은 정보대의 역할이 제일 크다고 믿고 있었다.

'때는 온다. 이광문의 입을 열게 하는 수밖에.'

다음 날.

권산은 등자룡, 홍련과 함께 삼황산에서 하산했다.

어젯밤 야심한 밤중에 이광문은 세 명의 제자를 불러 단말기를 내밀었다.

"셋째에게서 온 전언이다. 한 번씩 읽어보거라."

편지는 용살문 특유의 한문 파자법으로 기록되어 있었다. 내용은 짧았다.

회에 잠입함. 그의 행방에 대한 단서 발견. 지원 필요.

그동안 용살문을 떠나 있던 권산은 바로 이해할 수 없었으나 등자룡과 홍련은 살을 엘 듯한 무거운 표정으로 이광문을 바라보았다. 등자룡이 먼저 입을 열었다.

"천경그룹에 들어간 대사형이 드디어 암천회에 잠입한 것이군요. 무려 5년의 세월이었습니다, 사부님."

이광문은 감정이 북받치는 것을 참을 수 없는지 백염이 파르르 떨려왔다.

"정말로 첫째가 고생이 많았음이야. 첫째를 도와 암천마제의 행방을 밝혀낸다면 실로 내가 선조들을 뵐 면목이 선다. 넷째는 사제들을 데리고 하산하여 전언을 보낸 셋째에게 가거라. 첫째를 도울 여러 준비를 해놓고 있을 것이다."

다음 날 이광문의 하명에 의해 셋은 모두 홍련의 지프를 타고 하산하게 되었다.

권산은 등자룡에게 사형들이 하산한 뒤 독립하여 어떤 일을 하고 있는지와 천경그룹의 정체에 대해 설명을 들을 수 있었다.

천경(天敬)그룹.

현 중국 경제는 천경그룹의 경제라고 해도 과언이 아닐 정도로 다분야의 산업에 진출해 있는 중국 최대의 그룹이었다.

막대한 재력으로 정계의 핵심 당원들도 다수 포섭해 광대한 카르텔을 형성하여 지금의 중국 사회 전반을 좌지우지하는 실세 집단이었다.

그러나 천경그룹 현 최고위 수뇌부 모두가 암천회라는 비밀 집단에 속해 있는 것을 아는 이는 많지 않았다.

등자룡은 덜컹거리는 지프 뒤에서 팔짱을 끼고 편안한 표정으로 앉아 권산을 바라보았다.

"오사제는 암천마제에 대한 역사를 이번에 와서 들었을 거야. 맞지? 사부님이 그것 때문에 불렀고."

권산은 천천히 고개를 끄덕였다.

따로 대답은 필요하지도 않았다.

"나와 사매도 작년 이맘때쯤 그 이야기를 들었지. 첫째, 둘째, 셋째 사형은 훨씬 이전에 사부님께 암천마제에 대한 역사를 듣고 사라진 그의 행방을 추적하기 위해 5년 전에 하산했어. 그런데 최근 대사형이 결정적인 단서를 잡은 모양이야. 역시 암천회에 자료가 있을 것 같더라니."

암천회.

1천 년 전부터 벌어진 암천마제의 무차별적인 살육의 부작용으로 그의 강함을 추종하는 무리가 점점 늘었다.

누가 처음 불렀는지는 모르나 그 추종 세력은 암천회로 불리기 시작했다.

전 무술인의 지탄을 받아 수백 년간 와해되고 결성되길 수없이 반복했다.

하나 끝끝내 생명을 잃지 않고 근대까지 그 단체는 살아남았고, 근대의 경제개혁과 함께 천경그룹이라는 이름으로 탈바꿈하여 지금에 와서는 전 중국에 막강한 영향력을 끼치는 상황에까지 이르게 된 것이다.

그들은 암천마제를 추종했으나 암천마제가 그들을 수하로 여긴다거나 하는 어떤 관심을 둔 적도 없었기에 1천 년 전에는 한미한 신분의 어중이떠중이가 모여 결성된 오합지졸이었다.

그러나 세월이 지나면서 악명을 떨친 사파의 고수와 학사들이 그 수뇌부에 들어서자 점점 단체의 틀을 갖추어 청대부터는 누구도 무시할 수 없는 사파의 무력 단체가 되었다. 그들은 암천마제를 추종하는 집단이라는 정체성이 있었기 때문에 핵전쟁 직전 검신룡 조사와의 대결 이후 사라진 암천마제의 종적에 대한 자료를 가지고 있을 확률이 컸다.

과연 그들은 암천마제의 거취에 대한 단서를 보존하고 있던 모양이다. 홍련은 밝은 얼굴로 지프를 몰아가며 권산을 바라보았다.

"빨리 대사형, 이사형, 삼사형을 보고 싶네요. 오사형은 7년 만이죠?"

'7년이라······.'

권산은 앞으로 벌어질 싸움을 예견하며 갑옷과 무기를 다잡았다.

5장
천경그룹

북경의 중심가.

북으로는 자금성, 남으로는 천안문 광장을 둔 북경의 요충지에는 핵전쟁 이후 거의 사라지다시피 한 초고층 빌딩 하나가 들어서 있었다. 108층의 높이를 상징하는 '마천루108' 빌딩은 하늘을 찌르는 듯한 날카로운 첨탑으로 마무리되어 현 북경의 랜드마크가 되어 있었다. 바로 천경그룹의 본사 건물이다.

"서울에도 저런 건물은 없어요. 역시 천경그룹의 위세가 대단하군요, 등 사형."

"핵전쟁이 끝나고 그 피폐하던 시절에 저런 건물을 올릴 저력이 있었으니 대단한 놈들이지. 저쪽에서 만나기로 했다. 서두르자."

셋은 적당한 곳에 차를 세우고 마천루108과 가까운 식당가로 들어갔다. 북경 전역에서 몰려드는 인파를 소화하는 번화가인 만큼 식당가는 거미줄처럼 복잡하고 또한 넓었다. 등자룡은 구불구불한 골목길을 지나 풍운객잔이라는 이름의 제법 화려한 3층짜리 식당으로 들어섰다.

안내인에게 신분을 밝히자 셋은 후원의 별당으로 안내를 받았다. 은밀한 곳에 위치한 별당은 작은 연못에 둘러싸여 있었고, 삼사형인 제순이 그들을 기다리고 있었다.

작은 키에 짧게 다듬은 머리, 다부진 몸을 가진 제순이 셋을 맞았다.

"다들 정말 많이 컸구나."

"삼사형도 무탈하셨습니까?"

"그럼 그럼. 자, 앉자."

제순이 신호를 보내자 준비해 온 요리가 차례로 들어왔다. 본래 코스로 먹는 것이 정석이었으나 제순은 주위에 귀를 의식했는지 미리 요리를 들이고는 자리에서 일어나 별당을 한 바퀴 돌고 들어왔다.

제순이 작은 목소리로 입을 열었다.

"오사제는 한국에 가 있느라 그동안의 경과에 대해서는 잘 모를 테니 내가 간략히 설명하마. 나는 대사형, 이사형과 5년 전 하산하여 천경그룹에 잠입할 가장 빠른 방법을 모색했다. 우리의 주목적은 천경그룹의 핵심인 암천회의 일원이 되어 그들에게 전승되어 오는 기록을 빼내 암천마제의 종적을 찾는 일이었다. 암천회는 3인의 실세가 권력을 나눠 가지고 있었는데 우리 세 명의 사형제는 그중 더러운 일을 도맡아 하는 황보생에게 접근했다. 그자는 황해 해적 집단의 실질적인 우두머리이고, 천경그룹이 세를 확장하는 데 걸리는 방해물을 제거하는 일에 나선 일등 공신이지. 황해 해적이라면 워낙 악명이 자자하니 모두가 잘 알 테지."

제순은 잠시 차를 마셔 목을 축이고 다시금 입을 열었다.

"부끄러운 일이지만 황보생의 신용을 얻기 위해 우리 사형제들은 최일선에서 황해 해적의 악적 짓을 많이 했어. 마음에 들지 않았으나 고아인 우리 셋을 거두어서 이름을 주시고 자립할 수 있게끔 후원하신 사부의 은혜를 갚기 위해 어쩔 수 없었지. 무고한 사람을 죽인 적은 없으나 그에 못지않게 나쁜 행동을 많이 했으니 극락정토 보기는 힘들겠어. 하여간 황보생은 천경그룹과 황해 해적의 연관 고리를 숨기기 위해 심복인 포충을 얼굴마담으로 내세워 조직을 키웠고, 황해 해적 모두는 그들의 실질적 당수가 황보생이라는 사실을 모른 채 포충을 두목으로 받들어 조직을 유지하고 있지. 그렇게 우리 제씨 삼 형제는 실력과 공로를 인정받았고, 5년 만에 포충의 부당수가 될 수 있었지. 특히 제곡 대사형은 포충의 천거를 받아 황보생의 경호원이 되어 암천회의 말석이나마 발을 담글 수 있었다."

홍련은 사형들의 고생이 선하게 떠오르는지 눈물이 그렁그렁 맺혀 나지막이 흐느꼈다. 등자룡이 침중한 목소리로 제순에게 물었다.

"그럼 지금 대사형과 이사형은 어디에 있는 건지요?"

"대사형은 천경그룹 안에서 황보생의 경호를 수행하고 있고, 이사형은 대평원의 황해 해적 본거지에서 포충과 함께 있다. 나는 북경의 지점인 이곳에서 황해 해적의 연락책 총괄을 맡고 있지. 대사형이 사문에 지원을 요청한 것은 황보생을 수행하는 과정에서 수백 년 전까지 놈들의 근거지이던 암천비원의 위치를 알게 되었으나 그 이상의 정보를 캐내려 함부로 우리 자리를 이탈했다가는 천려일실의 우를 범할 수 있어서였다."

이번에는 권산이 물었다.

"그렇다면 삼사형도 아직은 암천비원의 위치를 받지 못하신 건가요?"

"그래. 대사형과 정기적으로 접선하는 시간과 장소가 있으니 3일 후 그곳에서 단서를 건네받을 예정이다. 그러고 나면 너희 셋이 단서의 장소로 가서 정찰을 해다오. 그곳이 정말 암천비원이 맞는지, 또 정말 암천마제의 정보가 그곳에 있는지 알아내야 해. 혹시나 경비가 삼엄하여 너희 셋만으로 무리일 경우에는 내게 연락을 주면 대사형과 이사형을 호출하여 그곳으로 달려가마."

제순은 사제들에게 죽엽청을 한 잔씩 따라주었다. 목숨을 걸어야 할 중대사를 앞두고 있으니 지금이라도 좋은 술과 좋은 요리를 사제들에게 먹이고 싶은 마음이다.

3일 후, 자금성 어로문 앞.

이곳은 과거 중국의 황제가 출입했다는 문으로서 항상 인파가 북적이는 명소였다. 권산은 제순과 함께 어로문 앞에서 서성이다가 일단의 정장을 입은 남성들이 다가오는 것을 지켜보았다.

천경그룹의 경호 인력들로 본사 인근을 한 바퀴 돌아보며 위험 요소가 있는지 살펴보는 듯했다. 그중에 한 명이 바로 대사형인 제곡이었다. 큰 키에 짧은 머리, 짧은 수염에 강렬한 눈빛이 인상적인 중년인이다.

권산과 제순은 차마 아는 체를 하지 못했고, 그건 제곡 역시 마찬가지였다. 제곡은 일행의 후미에 서 있다가 손에 쥐고 있던 조그마한 종이를 적엽 상인의 수법으로 던졌고, 권산은 어렵지 않게 손가락 사이로 받아낼 수 있었다.

경호원들이 사라지자 후방을 경계하기 위해 사라진 등자룡과 홍련이 나타났고, 권산은 그제야 손바닥의 종이를 폈다.

산둥성 혼천산. 두 번째 봉우리에 암천비원이 있다.

"바로 출발하겠습니다, 삼사형."

"반드시 암천마제의 종적을 찾아내야 한다."

제순은 객잔으로 돌아갔고, 셋은 홍련의 지프를 타고 시원하게 바람을 맞으며 남쪽으로 향했다. 그나마 청정 지역인 산둥성이 목적지라서 다행이라면 다행이었다. 남쪽으로 향하며 핵전쟁의 참화를 고스란히 간직한 곳곳의 폐허는 아직도 복구되지 못하고 을씨년스러운 철골을 그대로 드러내고 있었다.

화북평원의 군데군데에는 마치 성채로 보이는 높은 금속 벽이나 토벽에 감싸인 구조물들이 곳곳에 보였는데 바로 중국의 길드 건물이었다.

한국이 해변 전체를 둘러싼 장벽을 건설해 괴수의 난입을 막는다면 중국에서는 넓은 영토를 효과적으로 방어하기 위해 장벽보다는 평원의 중간중간에 저런 성채를 세워 길드 건물로 인가해 주는 지역 방어 개념이 강했다.

길드성 사이로 구축된 고속도로를 통해 비교적 안전하게 산둥성에 도달한 일행은 혼천산의 초입에서 숙박을 하며 정보를 모으고 물품을 구입했다. 홍련이 먼저 입을 열었다.

"혼천산은 산둥성에서는 드물게 가파르기로 유명한 곳이에요. 그중에 제2봉은 등산로도 없고 워낙에 험해서 주민들도 올라가 본 사람이 없어요."

권산은 눈앞의 지도와 위성사진을 렌즈에 입력해 이데아에게 3D로 펼쳐보라 지시했다. 눈앞에 녹색의 등고선이 격자로 떠오르며 깎아지른 듯한 고산을 투영했다. 제2봉은 과연 난공불락의 지형으로 지금까지 비원이 숨겨져 있었다면 확실히 적격일 법한 모습이다.

'암천비원에 사람들이 상주한다면 길이 없지는 않겠지. 그래도 대놓고 그 길로 들어갈 수 없다면 역시 절벽을 오르는 길뿐인가?'

"등 사형, 지형상으로 지금까지 발견되지 않았다면 비원은 봉우리의 동쪽 사면에 있을 겁니다. 그쪽은 단애 절벽 지대로 제가 먼저 절벽 면을 타고 올라간 뒤에 줄을 내려 드리겠습니다."

"보통 일이 아닌데 해낼 수 있겠어?"

"물론입니다."

"뚜렷한 수가 없으니 그렇게 하자."

권산은 가늘고 튼튼한 로프와 등반용 도구, 방한복, 무전기를 챙겼고, 최대한 무게를 줄이기 위해 갑옷과 검은 휴대하지 못해 홍련의 지프에 내려놓았다.

"홍 사매, 암천비원까지 오르는 데 몇 시간이 걸릴지 몰라도 도망갈 일이 생기면 그 즉시 도망가야 해. 사매가 퇴로를 확실하게 확보해 줘."

"흥, 내 운전 실력 잘 알면서. 걱정 마요."

"등 사형, 이제 출발합니다."

"올라가면 바로 연락해. 어떤 상황인지 알려주고. 당분간 홍 사매와 이곳에서 대기할게."

권산은 배낭에서 준비한 두 개의 금속 갈퀴를 꺼내어 절벽의 갈라진 틈에 꽂아 넣으며 조금씩 절벽을 오르기 시작했다. 날씨는 점점 추워졌고 조금씩 눈발도 날리기 시작했다.

추위도 추위였지만 잠시도 쉬지 못하고 바람에 저항하며 중심을 잡고 갈퀴를 움켜쥐는 일은 실로 큰 곤욕이었다.

'잡공에 벽호공이 있었지.'

권산은 용살비동에 잠들어 있던 잡공 중에 벽호공의 구결을 상기하며 몸에 공력을 불어넣었다. 양팔과 양발의 관절에 한층 힘이 붙으며 바위에 달라붙은 도마뱀처럼 온몸이 절벽과 일체화되는 느낌이 들었다.

권산이 절벽을 오르는 속도는 눈으로 보고도 믿기 어려울 정도로 빨랐다. 금속 갈퀴에는 내공의 힘이 깃들어 단단한 돌이라도 한 번에 꿰뚫었고, 권산 스스로도 체력이 남아 있을 때 최대한 많이 오르고자 하는 의지가 있었다.

"헉헉!"

초인적인 정신력과 체력을 가졌지만 꼬박 두 시간을 오르자 권산의 팔과 다리는 후들거리고 내공은 바닥을 쳤다.

하늘은 잿빛으로 우중충하게 물들고 암벽은 점차 쌓여가는 눈에 뒤덮여 망막을 찌를 듯 백광으로 점멸하고 있었다. 간혹 보이는 암석 돌출부를 이정표로 삼아 수직으로 오르고 있었지만, 점점 몸에 눈이 쌓이며 큰 움직임이 있을 때마다 '파지직' 하고 부스러졌다.

유난스레 깊고도 어두운 밤이었다.

권산은 절벽의 오목한 틈을 발견하고는 잠시 몸을 밀어 넣고 간신히 앉을 수 있었다. 절벽 아래쪽으로 무전을 보내 자신이 건재하다고 연락했다. 10분쯤 쉬고 몸에서 체온이 빠져나가려 하자 권산은 다시 절벽을 오르기 시작했다.

두 시간을 더 오르자 마침내 자연적인 절벽의 균열에 인공적인 공사를 가미한 넓은 공간이 나타났다. 그곳에는 높은 담이 둘러쳐진 오래된 건축풍의 장원이 한 채 자리하고 있었다.

'암천비원이다.'

권산은 납작 엎드려 기감을 펼쳤다. 장원 쪽에서 불빛은 보이지 않으나 적외선 투시경과 같이 어둠을 뚫고 볼 수 있는 장비도 있으니 아무도 없다고 단정할 수는 없었다.

'다행히 절벽 쪽을 감시하는 인원은 없군.'

권산은 배낭에서 로프를 꺼내 절벽의 아래로 내리고 단단하게 박힌 바위에 로프를 돌려 고정했다. 줄이 팽팽해지고 등자룡이 올라오는 느낌이 들자 권산은 은밀한 곳에 가부좌를 틀고 앉아 소모한 내공을 보충했다.

한 시간쯤 지나자 등자룡과 홍련이 줄을 타고 나타났다.

"오사제, 수고했어."

전동 기어를 이용하여 별다른 수고로움 없이 올라오니 둘은 체력을 보존한 채 올라올 수 있었다. 권산은 간략히 상황을 설명했다.

"절벽 면을 따라 담벼락이 설치되어 있어서 담만 넘으면 바로 장원 내부로 진입할 수 있습니다. 다행히 감시 병력은 느껴지지 않고요. 다만 현대식 보안 센서가 있는지는 알 수 없으니 함부로 들어갈 수가 없습니다."

제아무리 뛰어난 잠행과 경공을 가졌다 한들 눈에 보이지 않는 적외선 레이저 센서를 피할 수 없는 이치였다. 일단 셋은 뿔뿔이 흩어져 천장 단애와 거의 수직으로 건축된 담벼락을 한 바퀴 돌며 진입로를 물색했다.

등자룡이 낮은 음색으로 말했다.

"진입로가 따로 안 보이는군. 동쪽의 담벼락을 넘는 방법밖에 없어. 여기서는 보이지 않지만 아무래도 서쪽 암벽에 장원의 정문 진입로가 숨겨져 있는 모양이야. 아무래도 그쪽에는 감시 병력이 있겠지."

권산은 등자룡의 말에 나직이 고개를 끄덕이고는 바닥의 암벽에 귀를 대고 내공을 집중했다. 천리지청술을 펼친 것이다. 땅에서 전해져 오는 진동에는 많은 정보가 담겨 있다. 보행 중인 사람의 수나 땅에 끊임없이 진동을 가하는 동력 기기의 소음 같은 것들을 이 수법으로 손쉽게 잡아낼 수 있었다.

'역시 발전기가 있군.'

전기를 전혀 안 쓴다면 모르되 이러란 첩첩산중에 전기 시설을 쓰자면 발전기는 필수였다. 권산이 군에서 자주 접해본 디젤 발전기의 소음이었으니 확실하다 할 수 있었다.

"발전기 연기 배출구는 특성상 장원의 바깥까지 돌출되어 있을 겁니다. 그쪽은 보안 센서가 없을 공산이 크니 그쪽으로 잠입하는 게 어떨까요?"

"좋은 생각이다. 연도를 찾아보자."

홍련이 끼어들었다.

"저기 북쪽 가까운 곳에서 비슷한 걸 본 것 같아요."

셋은 담벼락에 등을 대고 천천히 이동했다. 담벼락과 절벽 사이에 공간이 별로 없어 등을 벽에 바짝 대고 옆으로 천천히 걸었다.

담벼락 너머 높은 곳까지 돌출되어 있는 발전기 연도는 사람이 들어갈 만큼 꽤 넓었다. 연도 입구에 철망이 씌워져 있었으나 홍련이 건넨 단도로 걸기를 일으켜 오려내었다. 셋은 가벼운 경신법으로 몸을 띄워 연도로 들어갔고, 뜨거운 배기열을 참으며 안으로 진입했다.

권산은 발전기의 소음이 강해지고 충분히 내려갔다고 판단되자 단도로 연도의 옆쪽을 찢고 몸을 빼내었다. 등자룡과 홍련까지 시뻘겋게 상기된 얼굴로 나타나자 찢어진 연도를 구부려 배기 열이 새어 나오지 않게 했다.

"장원의 지하에 이런 시설이 있었군요. 어째서 이렇게 오래된 장원에 저런 과학 설비가 있는 거죠?"

홍련의 말처럼 장원의 지하에는 발전기뿐만 아니라 무슨 목적으로 쓰이는 것인지 알 수 없는 모터와 수조 등의 설비가 가득했다. 권산이 홍련을 보며 말했다.

"홍 사매는 이곳에서 대기해 줘. 무슨 일이 생기면 바로 이 연도를 통해 몸을 빼야 하니까 말이야. 규칙적으로 무전을 보낼게. 먼저 발신하지 말아줘."

권산과 등자룡은 발전기가 있는 설비 구역을 지나 두꺼운 철문을 통과했다. 이윽고 통로가 이어졌고, 벽면이 온통 하얗고 천장 조명은 밝은 데다 사람 크기만 한 캡슐이 수백 개나 천장에 매달려 있는 어떤 넓은 구역에 도달했다. 각종 기기와 컴퓨터가 가득하며 캡슐에는 여러 색상의 튜브가 주렁주렁 연결되어 있었다.

"쉿! 저기 사람이 온다."

등자룡과 권산은 재빨리 엄폐물 뒤에 숨었다. 하얀 가운을 입은 노인과 청년이 차트를 넘기며 이야기를 나누었다. 노인이 먼저 입을 열었다.

"실험체 231의 약물 반응이 무척 좋군. 이대로라면 231이 현존하는 최강의 이모탈이 되겠어. 죽은 지도 별로 안 되었지, 아마?"

"물론입니다. 100년이 조금 더 된 실험체입니다. 그분이 등천하시기 전에 죽인 마지막 무인입니다. 용살문 검신룡이라고 기록되어 있군요."

권산과 등자룡은 '흡' 하며 터져 나오는 신음을 간신히 삼켰다. 생각지도 못한 장소에서 생각지도 못한 이야기가 들려온 것이다.

"용살문이라면 그분께 끊임없이 도전한 지긋지긋한 문파지, 아마? 이렇게 좋은 실험체를 주니 나로서는 무척 고마운 문파로군그래. 우리 회에서는 700년 전 명대 이후 내로라하는 고수들의 시체를 다수 보존하고 있지만 사령강시대법(死靈僵屍大法)으로 이모탈에 도달할 수 있는 고등급 실험체들은 생각보다 많지 않아. 그런 점에서 당대 용살문주도 꼭 빨리 여기로 왔으면 좋겠군. 하하하!"

"물론입니다, 황 박사님. 괴수의 혈청을 재료로 강시대법 연구의 새 지평을 여셨으니 이제 전설로나 회자되던 활강시 쪽도 개척해 보시는 게 어떨까요?"

"하하, 그럴까? 뭔가 소싯적처럼 열정이 끓어오르는군. 활강시는 두뇌를 살린 채로 만들어야 하기 때문에 이능력자를 재료로 하는 게 효과가 극대화될 것 같아. 그들이 가진 초능력의 원천은 바로 두뇌거든. 한번 회에 건의해 봐야겠어."

노인과 청년이 사라지자 권산과 등자룡은 노인이 서 있던 자리로 걸어 나왔다. 바로 실험체 231이라는 문구가 붙어 있는 캡슐 앞이다. 캡슐의 내부에는 산발을 한 건장한 남자가 알몸으로 두 눈을 감고 서 있었다. 캡슐의 옆에 붙어 있는 명판에는 실험체가 사망한 일시, 사문, 이름, 사인, 보관 방식이 적혀 있었다.

"검신룡 조사님을 냉동 보관 해놓다니, 이런 천인공노할 놈들!"

등자룡이 격하게 분개했다. 당장 캡슐을 깨고 빼내려는데 권산이 말렸다.

"참으십시오, 등 사형."

"왜 말리느냐?"

"검신룡 조사님의 캡슐만 파괴하면 놈들의 의심만 삽니다. 공연히 스승님에게 위해가 될 수 있습니다. 일단 이곳에 온 목적을 달성한 뒤에 조사님의 시신을 수습하고 이 시설 전체를 폭파해 버리는 게 좋겠습니다."

"흠!"

등자룡은 겨우 분기를 가라앉혔다. 둘은 연구원들이 사라진 방향으로 걸음을 옮겼다. 천장에 수없이 걸려 있는 캡슐 안에는 당대를 풍미한 수많은 무술인들이 보관되어 있었다. 오래된 시체는 미라 상태인 것도 보였고, 포름알데히드 용액에 담겨 보존된 시체, 뭔가 주황색의 딱딱한 고형물 속에 굳어서 보존된 시체, 냉동 보관 중인 시체 등 가지각색의 모습이었다.

마지막 캡슐에서 얼마 지나지 않아 지상으로 나가는 출구가 나타났다. 구조상 이 출구의 문이 닫히면 밖에서는 진입하기가 곤란할 듯했다.

"둘 중에 한 명이 이곳에 남는 게 좋겠습니다. 안에서는 문을 열기가 쉽지만 밖에서는 보안 키가 있어야 열리는 방식 같습니다."

등자룡은 잠시 고민했다. 사형인 자신이 나서야 하나 사제인 권산을 보내야 하나 갈등한 것이다.

"아무래도 사제가 가는 게 낫겠다. 무술 실력도 네가 낮고

군 경험도 있으니 목표를 찾는 데는 네가 더 적격이다."

"알겠습니다, 사형."

권산이 무전으로 신호하면 등자룡이 안에서 문을 열어주기로 약속을 정하고 장원에서 가장 가까운 전각 쪽으로 몸을 날렸다. 기둥을 밟고 그 탄력으로 처마를 두 손가락으로 잡은 채 몸을 반전시켜 지붕 위로 올라갔다. 비룡번신의 놀라운 재주였다.

높은 곳에 올라가 안력을 집중하니 요소요소에 숨어서 감시하는 보초와 돌아다니는 동초 경비들이 한눈에 들어왔다. 모두 하나같이 야간 투시경을 착용하고 총기를 휴대한 것으로 보였다.

조명이 전혀 없어서 달빛에 의존해야 하는 상황이지만 유궁의 경지에 도달한 이후 반딧불의 불빛으로도 사위를 밝혀서 볼 수 있을 만큼 시야가 밝아진 권산이다.

'중요한 정보일수록 심처에 있을 확률이 크다.'

권산은 과감하게 경비 병력들이 밀집한 전각 쪽으로 몸을 날렸다. 극한의 이형보가 발현되자 잔상만 남긴 채 전각 사이를 날아서 넘어갔다. 새로 익힌 운룡신법의 묘미가 가미되어 공기를 가르는 신형은 작은 바람 소리도 없이 부드러운 움직임으로 기와 위에 안착했다.

기감을 펼쳐 동초의 이동을 살피다가 조심히 처마 밑으로 내려와 창문 하나를 열고 단숨에 내부로 들어가자 빽빽한 서고가 권산을 맞았다. 서고의 천장에는 기록실이라는 편액이 걸려 있었다. 목표인 암천비원의 기록 보관소를 찾은 것이다. 세심히 천장과 바닥을 살피니 적외선 감지기의 송수신기가 매입된 것이 보였다.

"이데아, 렌즈를 통해 적외선 레이저를 보게 할 수 있어?"

—물론이에요, 주인. AR렌즈 필터 기능을 쓰면 돼요. 지금 화면 바꿀게요.

권산의 시야 화면이 붉게 물들었다. 그 화면에는 서고의 이곳저곳에서 적외선 레이저가 송출되고 있는 모습이 보였다. 침입자가 레이저 사이로 끼어들면 경보가 울리도록 설정된 모양이다. 권산은 천천히 레이저를 건드리지 않도록 움직이며 가장 최근의 연대가 적힌 기록대 쪽으로 이동했다.

'이것이로군.'

책을 펴자 21세기 이후 암천마제의 근황에 대한 이력이 빼곡히 적혀 있다. 그의 발자취는 중국에 한정되지 않았다. 피를 갈구하는 그의 성향상 세계 곳곳의 전쟁에 개입했고, 특히 미국 대통령과 손을 잡고 미 육군과 함께 중동 전쟁에 수차례 참전하여 어마어마한 민간인 학살을 저지른 것으로 나와 있었다. 이 모든 사실은 미국의 언론 통제 속에 1급 기밀로 취급되었다. 그는 이후 중동 지역으로 남하하여 원유 패권을 쥐려는 러시아 육군을 수년 동안 도륙한 것은 물론이고 러시아 국경도시의 민간인 수천 명까지 죽인다. 이는 결국 미러 갈등의 원인이 되어 핵전쟁 도화선이 되고 만다.

'세상에, 암천마제가 핵전쟁을 일으킨 장본인이었다니.'

권산은 그의 본질에 대해 알면 알수록 오싹한 공포와 소름이 몰려옴을 느꼈다. 한 인간이 어떻게 이 많은 업보를 쌓을 수 있단 말인가.

암천마제의 본명은 아무도 모른다. 다만 그의 미국식 이름은 책에 인쇄된 한 장의 종이에 기록되어 있었다. 종이 속에는 한 장의 황금색 티켓이 있었고, 티켓에는 그의 이름이 기록되어 있었다.

─리처드 왕(Richard Wang). 화성 편도. 엑소더스1 탑승권.

책은 티켓 아래 쓰인 등천이라는 문구를 마지막으로 끝나 있었다. 권산은 마지막 티켓이 인쇄된 페이지를 찢어서 주머니에 넣었다. 핵전쟁 직전 화성으로의 이주를 목적으로 한 미국의 엑소더스 프로젝트에 대해 들은 바가 없었다면 이 티켓이 무엇을 의미하는지 알 수 없었으리라.

암천마제는 1백 년 전 엑소더스선을 타고 화성으로 떠난 것이다. 이름하여 등천. 그 문구 그대로였다. 이 지구상에서 지난 1백 년간 그가 사라진 이유가 설명되었다.

권산은 기록대를 가로질러 들어온 창문으로 한 손을 짚으며 나갔고, 그 순간 경보음이 터져 나왔다. 창틀에 압력 센서가 있던 모양이다. 들어올 때 아무런 경보가 울리지 않아 방심한 것이 화근이었다.

"제길!"

권산은 재빨리 창문 밖으로 몸을 뺌과 동시에 처마를 붙잡고 지붕 위로 올라갔다. 장원 전체에 투광 조명이 켜지자 경비들은 야간 투시경을 벗고 각자의 화기가 일제히 불을 뿜었다. 권산은 지붕의 반대쪽 사면에 등을 대고 누우며 무전기에 대고 외쳤다.

"등 사형, 들켰습니다! 홍 사매와 먼저 절벽으로 탈출하십시오! 완벽하게 노출되어서 그쪽까지 가는 건 불가능합니다! 따로 활로를 열겠습니다!"

권산은 인상을 찡그리며 머리를 살짝 내밀어 경비 병력의 규모를 살폈다. 물경 40명의 인원이 빼곡히 몰려나오고 있다. 무리해서 등자룡에게 돌아가면 그곳의 둘까지 위험해진다. 권산은 포위망이 구축되기 전에 지붕에서 뛰어내려 서쪽으로 뛰었다. 사형제들에게서 멀어지는 방향이다. 운룡신법을 펼치는 권산은 그야말로 바람과 같이 빨랐다. 권산의 발자취 뒤로 화기들의 탄막이 불을 뿜으며 융단처럼 따라왔다.

'역시 주 정문은 서쪽이었군.'

권산은 이형보를 극성으로 펼치며 정문을 박살 내고 튀어 나갔다. 그곳 역시 십수 명의 경비가 몰려 있었으나 그들의 총구가 채 권산을 향하기 전에 접근하여 각자의 몸통에 한 방 씩 권초를 날리자 곧이어 잠잠해졌다. 경비 중 한 명의 목에 걸린 보안 카드를 뺏어서 그들이 등진 철문 옆에 인식기에 긁 자 철문이 좌우로 열리며 엘리베이터로 보이는 공간이 나타났 다.

'이곳을 통해 암천비원이 세상과 연결되었군.'

그 옛날에 자연적으로 형성된 수직 동굴을 깎아내 엘리베 이터를 설치해 놓은 모양이다. 권산이 내부로 들어가 승강기 를 하강시키자 빠르게 내려가기 시작했다.

—오사제! 오사제! 들리나? 우린 무사히 탈출했다. 지금 로 프를 타고 절벽을 내려가고 있다. 오사제?

권산은 점점 약해지는 신호가 끊기기 전에 무전기를 작동 시켜서 외쳤다.

"저도 탈출 중입니다, 사형! 서쪽 암벽에 감춰진 엘리베이터 를 타고 하강 중입니다!"

—정말 다행이다. 지상에서 합류하……

무전 신호가 지지직거리며 끊어졌다. 지상에 도달했을 때 대체 무엇이 권산을 기다리고 있을까? 수 분만에 지상에 도착해서 엘리베이터 문이 열렸을 때 예상하고 있던 총알 세례는 없었다. 천천히 경계하며 걸어 나가자 달빛을 받으며 두 명의 사내가 서 있다.

"이거야 원, 어떤 쥐새끼인가 했더니 구면이로군."

권산은 달빛에 천천히 드러나는 사내의 얼굴을 보았다. 놀랍게도 이 장소와는 전혀 무관한 인물이 그곳에 있었다.

"네가 왜 여기 있지, 사준혁?"

"그건 내가 묻고 싶군, 권산."

통일한국의 넘버원 헌터 사준혁. 설악산 레이드에서 권산과의 대결에서 패한 뒤 사라진 그가 중국의 혼천산, 그것도 암천회의 심처에서 나타나리라고는 전혀 예상하지 못했다. 사준혁이 다시금 입을 열었다.

"이렇게 빨리 복수의 기회가 올지 몰랐군. 천경그룹과 손을 잡길 정말 잘했어."

"그들의 정체에 대해 알고나 그런 소리를 하는 건가?"

"정체는 아주 잘 알고 있지. 돈을 정말로 많이 주는 고용주가 아닌가? 네놈을 만나기 이전부터 나는 천경그룹의 스카우트 제의를 받은 상태였다. 그들은 내게 돈과 강력한 스킬을 제공할 것을 약속했지. 흡성대법이라고 들어는 봤나 모르겠군. 중국 무술에 능한 네놈이라면 알 수도 있겠다만, 뭐. 에너지 컨트롤이라는 내 이능력을 몇 배나 강화시킬 수 있는 좋은 기술이더군."

권산은 마음이 급했다. 엘리베이터가 다시 산정에 도달한 뒤 다시 하강한다면 필시 경비 병력이 꽉 차서 내려올 것이 뻔했다. 그 전에 사준혁과 마무리를 지어야 했다.

"그런 사공을 익혔다 해서 내 상대가 될 것 같아? 넌 이전이나 지금이나 영 밉상이군."

권산의 도발에 사준혁이 움찔했으나 태연히 웃으며 뒤로 물러났다.

"흡성대법으로 네 생체 에너지를 쪽쪽 빨아먹고 싶지만, 아직 그 수준은 못 되었으니 아쉽지만 오늘은 내가 물러나지. 네 상대는 이쪽이다."

권산은 다른 사내를 바라보았다.

바짝 마른 목내이와 같은 체형에 이마에 찍은 8개의 계인과 모발 하나 없는 머리는 그가 불문의 스님임을 나타내고 있었다. 특이한 점은 움푹 꺼진 눈에 퀭한 빛이 감도는 게 두 눈의 안구가 아예 없는 듯 보였다.

"아아, 뭔가 이상하게 보이지? 무슨 강시대법인가로 만들어 낸 초강력 강시라고 하더라고. 고용주는 이모탈이라고 부르던데. 이 강시는 명나라 말기에 죽은 소림사의 금강 대사라고 하네. 이렇게 미라로 남아 있는 이걸 움직이게 하다니 참 대단하긴 해. 크크크, 슬슬 끝내볼까? 이모탈, 저놈을 죽여라!"

살아생전 금강 대사라 불리던 이모탈은 두 눈이 없음에도 정확히 권산의 위치를 포착하고 달려들었다. 살아생전에 쌓은 드높은 무학의 경지가 남아 있는지 보법은 현묘하기 그지없었고 뻗어오는 권장은 내공이 가득 실려 벌 떼가 우는 소리가 났다.

'확실히 소림사의 무술이다.'

용살비동에서 본 수많은 석판 중 소림사의 기본공이 떠올랐다.

이모탈이 뻗어 오는 장법은 훨씬 복잡한 경로를 담고 있긴 했으나 기본적인 발경법은 소림사의 그것과 같았다. 권산은 알지 못했으나 이모탈은 지금은 실전된 여래장과 대력금강장을 폭풍처럼 쏟아내었고, 권산은 철룡벽의 초식으로 응수했다.

얼마나 장법의 기운이 강맹한지 온몸의 뼈가 찌르르 울릴 지경이다. 얼마 전 깨달은 유궁의 경지가 무색했다.

'살아생전에 필시 화경에 근접한 무인이 분명하다.'

권산은 용살권법을 전력으로 전개하며 금나와 조법, 지법을 자유자재로 응용하는 이모탈과 맞부딪쳤다. 둘의 격전에서 퍼져 나온 충격파에 인근의 나뭇잎이 산산이 비산했다. 이모탈은 무술의 원리에 입각한 훌륭한 움직임을 보였으나 강시라는 태생의 한계 때문인지 관절의 가역 반경이 넓지 않았고, 권산은 그 틈을 노려 이모탈의 심장에 통천권을 작렬시켰다.

쿠앙!

황금빛 기공과 함께 충격파가 이모탈의 등에서 터져 나갔다.

내장 기관이 썩어서 사라진 이모탈이었지만 척추뼈가 바스러지며 완전히 땅이 꼬꾸라져서 더 이상 움직이지 못했다.

'부디 좋은 곳에서 영면하시기를.'

강시가 아니라 살아생전의 상태였다면 필시 고전을 면치 못했으리라.

권산은 잠시 명복을 빌어주고 사준혁을 보고 씨익 웃었다.

"우리도 아직 해결할 게 남아 있지, 아마?"

사준혁은 당황하며 천천히 뒷걸음질 쳤다.

이모탈의 기술도 놀라웠지만 이에 대응한 권산의 강함은 자신이 알고 있는 그 수준이 아니었다.

그때 엘리베이터의 문이 열리는 소리가 들렸고, 권산은 아차 하며 이형보를 전력으로 전개하여 사준혁의 뒤통수를 갈겼다. 사준혁을 손봐줄 시간은 없었지만 그냥 가고 싶지 않았다.

따악!

사준혁은 불의의 일격에 두 눈이 튀어나올 만큼 충격을 입고 동시에 코피가 터졌다.

이윽고 권산은 총알 세례가 쏟아지기 전에 나무가 우거진 수풀로 몸을 날렸다.

암천비원의 영역을 벗어났는지 더 이상의 추격은 없었다.

권산은 무전으로 등자룡에게 연락해 사형제들과 합류할 수 있었다.

셋은 숙소에서 흔적을 지우고 북경으로 떠났다.

6장
이광문의 실종

　북경의 풍운객잔에 돌아오자 제순이 경악스러운 소식을 가지고 기다리고 있었다.

　"사부님이 사라져요?"

　홍련의 비명성이 후원을 가득 메웠다.

　제순은 다급히 그녀의 입을 손으로 틀어막았다. 제순이 이곳의 총괄이긴 하지만 모두 그의 심복은 아니었다.

　"삼사형, 설명을 좀 자세히 해주십시오."

　등자룡은 답답한지 가슴을 두드렸다. 제순은 한숨을 내쉬고 상황을 설명했다.

용살문에서 이광문의 실종에 대해 연락을 한 건 주 씨라는 일꾼 노인이었다.

이광문의 처소에서 각혈로 보이는 혈흔과 파괴된 집기류가 널려 있는 것을 발견한 것이다.

주 노인은 큰 사고가 났음을 직감하고 등자룡과 홍련에게 연락을 취했으나 마침 혼천산에 잠입하는 와중이라 단말기의 전원을 꺼두어서 연락을 받지 못한 것이다.

다급해진 주 노인은 이광문의 단말기를 이용해 제순에게 연락을 취했다.

"정황상 사부님 스스로 장원을 떠났다고는 볼 수 없다. 주 노인의 말로는 한미향 찬모도 동시에 사라졌다고 하니 아무래도 그녀가 사부님께 위해를 가하고 납치를 한 것 같다."

"한미향 찬모가요? 7년간 우리와 같이 지낸 한 식구가 아닙니까? 그녀가 암수를 쓰다니 믿을 수가 없군요."

"물론 그녀 역시 납치되었다고 볼 수도 있겠지. 그러나 그녀의 개인 집기 몇 가지도 동시에 사라진 데다 사부님이 남긴 각혈흔 등을 따져봤을 때 그녀가 사부님께 독이 든 요리를 통해 하독을 했고, 사부가 중독되자 일을 벌인 것으로 보는 게 정황상 맞는 추론인 것 같다."

이번에는 권산이 입을 열었다.

"그녀가 흉수라 가정한다면 십중팔구 암천회를 배후로 두고 있을 겁니다."

권산은 암천비원에서 보고 들은 모든 일에 대해 제순에게 설명했다.

제순은 암천마제가 더 이상 지구에 존재하지 않는다는 사실에 크게 놀랐고, 암천비원의 지하에 수백 명의 전대 고수가 강시로 제작되고 있고 검신룡 조사의 시체도 놈들의 수중에 있다는 부분에서는 정말 까무러칠 정도로 경악했다.

특히 황 박사라는 자가 용살문을 언급했고 문주의 시체를 원한다는 부분을 들려주자 분기탱천한 심정을 감추지 못했다.

"아귀가 맞아떨어지는군. 암천회가 배후임이 분명하다."

좌중은 비통한 심정을 감추지 못했다. 시체를 원하는 놈들이니 이광문의 생사는 거론조차 하기 어렵게 되었다.

모두가 소리 죽여 울었다.

한 명이라도 사부의 곁에 남아 있었다면 일이 이 지경이 되지는 않았으리라는 생각에 자책하는 마음으로 통곡이 일 지경이다.

분기가 겨우 가라앉자 권산이 제순에게 조심스레 물었다.

"한미향 찬모는 7년간이나 본 문에 있으며 용살문의 사형제들에 대해 속속들이 알고 있는데 이대로 천경그룹에 계시면 대사형이나 이사형, 삼사형 모두 위험하지 않겠습니까?"

제순은 잠시 생각하더니 고개를 저었다.

"아니다. 한미향은 암천회의 다른 쪽 파벌일 거야."

제순은 암천회의 구조에 대해 설명했다.

암천회가 천경그룹으로 발전하면서 파이가 커지자 암천회는 크게 세 개의 파벌로 등분되었다.

특히 특정 가문을 중심으로 세력화가 되면서 사마가, 황보가, 야율가 파벌로 불렸다.

가장 세력이 큰 곳은 사마가로 그들은 역사적으로도 정통성이 있었기 때문에 천경그룹 기업 대부분을 소유했다.

황보가는 중국 내 갱단과 황해 해적을 관리하며 두 번째로 강한 세력을 가졌다.

야율가는 괴수 산업체와 정보대를 소유하고 있고 세력으로는 가장 약체였다.

"암천비원을 관리하는 건 사마가 그놈들이다. 한미향은 사마가의 끄나풀이 분명해. 각 파벌은 독립적이고 견제가 심하기 때문에 우리가 잠입한 황보가에는 정보가 넘어가지 않을 거다."

홍련은 빨갛게 부어오른 눈을 비비더니 벌떡 일어나며 말했다.

"지금이라도 암천비원을 공격해서 사부님의 시신이라도 구해와야겠어요. 사형들도 얼른 일어나요."

"사매는 진정하고 자리에 앉거라."

"삼사형!"

"어서!"

제순의 눈빛이 무섭도록 이글거렸다.

"사제들은 내 말 잘 듣거라. 지금 우리로서는 암천비원을 격파할 수 없다. 이미 암천비원은 사제들에게 한 번 뚫렸기 때문에 경비는 전에 없이 엄중할 것이 뻔한 데다, 그곳은 천혜의 요새다. 겨우 여섯 명이 어떻게 해볼 수 없을 것이 명약관화하다. 한날한시에 사형제가 모두 죽어버리면 용살문의 맥은 누가 잇는단 말이냐! 대사형이 이곳에 있더라도 똑같이 말했을 것이다. 우선 두 가지를 정리해야겠다. 첫째, 용살문의 맥은 권산이 잇는다. 모두 동의하느냐?"

권산은 묵묵히 듣고만 있었다.

이광문이 권산을 후계로 보고 있다는 점은 사형제 모두가 알고 있는 바다. 이제 와서 겸양을 떨 문제가 아니었다.

"나 등자룡, 권산 사제를 용살문주로 인정합니다."

"저 홍련도 권산 사형을 용살문주로 인정합니다."

제순이 강한 눈빛을 발하며 고개를 끄덕였다.

"좋다. 이 문제는 대사형, 이사형과도 이야기가 끝난 부분이고 우리 셋은 권산 사제를 용살문주로 인정한다. 다만 문주의 예우는 사부님의 생사가 명확해진 뒤 정하도록 하자. 둘째로 암천비원은 우리가 세력을 먼저 불린 뒤 후일에 도모하자."

권산이 제순에게 되물었다.

"세를 불릴 복안이 있으십니까?"

"그래. 오래전부터 구상한 계획이 있지. 간단히 말하자면 황보가의 수장인 황보생과 그의 심복 포충을 제거하고 황해 해적을 장악하는 것이다. 황해 해적 놈들은 자신들이 암천회의 일부라는 사실을 모른다. 그 약한 연결 고리만 제거한다면 대사형과 이사형이 황해 해적을 장악하는 건 불가능하지 않다."

일찍이 이광문에게 지모가 뛰어나다는 평을 들은 제순이다.

그는 허투루 계책을 쓰는 사람이 아니었다.

"일단 사사제는 가까운 시일 내에 항주의 본가로 돌아가거라. 염치 불구하지만 네 가문의 재력이 필요할 것 같다. 아버님을 잘 설득해 다오."

"알겠습니다, 삼사형."

등자룡은 본디 남방의 거부라 불리는 항주등가의 적자였다. 그의 아버지가 이광문을 존경하여 어린 등자룡을 맡겼고, 이제 돌아갈 때가 된 것이다.

"사매는 용살문으로 돌아가 장원을 봉인하고 식솔들에게 살길을 마련해 주고 돌아오거라."

"예, 삼사형."

홍련이 힘차게 대답했다.

"조만간 포충이 북경으로 들어온다. 황보생의 육순 축하연이 곧 예정되어 있기 때문이지. 그때가 일을 벌일 적기로 판단되는구나. 권 사제의 무력이라면 놈들을 일망타진하는 데 큰 도움이 될 터, 권 사제는 그 일까지만 돕고 일단 사매와 한국으로 돌아가거라. 이후의 일은 사형들이 맡겠다."

"아닙니다, 삼사형. 저도 암천비원의 일을 도모하겠습니다."

"사문의 맥을 이어야 한다는 내 말을 허투루 들은 것이냐, 아니면 사형들을 못 믿는 것이냐? 일단 한국에 있거라."

권산은 말문이 막혔다. 한국에서 벌인 일들이 산적한 것은 사실이나 사문의 안위는 그에게 무엇보다 중요했다. 제순이 다시금 입을 열었다.

"우선 좀 쉬거라. 숙소를 마련해 주마."

북경의 천하호텔.

북경 제일의 호텔로 유명한 그곳에는 천경그룹 황보생 공동회장의 육순 축하연이 한창이었다.

정재계의 유명 인사 수백 명이 방문하여 대성황을 이루고 있었다.

축하연이 마무리되자 대부분의 하객은 빠져나갔지만, 수십 명의 인원은 그대로 남았다.

바로 암천회 황보가 파벌의 주력이다.

그들은 어떤 내밀한 이야기를 할 모양인지 공개되어 있는 연회장을 벗어나 두꺼운 담벼락에 둘러싸인 중앙 정원으로 나갔다.

권산은 호텔의 종업원 옷을 입고 정원에 테이블을 세팅하는 척하며 이어폰으로 제순의 무전을 들었다.

"회색 정장을 입은 단구의 대머리가 바로 포충이다."

권산은 목표물을 확인했다.

모두 놓치는 한이 있어도 백발에 말끔한 정장을 차려입은 황보생과 포충만은 제거해야 했다.

현재 중앙 정원을 둘러싼 암천회 소속의 경호원 수가 1백 명에 달했다. 모두 내로라하는 무술의 고수가 분명했다.

권산은 황보생의 뒤에 서 있는 제곡 대사형과 눈빛을 교환했다. 사전에 교감은 끝난 상태였다. 제곡이 신호를 보내면 거사가 시작되는 것이다.

"이데아, 내게 총을 겨누는 사람이 있으면 탄도를 분석해 화면에 띄워줘."

―알았어요, 주인.

권산은 사위를 돌아보았다. 중앙 정원에는 외부와 통하는 문이 세 군데 있었다. 문 너머에도 경호원이 배치되었으나 제순은 짤막하게 무전을 보내며 자신과 등자룡, 홍련이 서로 어떤 문을 제압하고 퇴로를 막아낼지 결정했다.

'이곳이 너희들의 무덤이 될 것이다.'

이미 암천회와는 불구대천의 원수였다. 이광문에게 위해를 가한 놈들에게 자비를 베풀고 싶은 생각은 추호도 없었다.

탕!!

마침내 때가 무르익자 대사형인 제곡이 전광석화와 같은 동작으로 권총을 꺼내 포충의 머리를 쐈다.

총탄의 파괴력에 피 분수가 뿜어졌고, 그 피가 땅에 채 닿기 전에 제곡은 탄약이 떨어질 때까지 번개처럼 연사를 해대었다.

제곡의 총성을 들은 제순, 등자룡, 홍련은 중앙 정원의 통로 문 쪽의 경호원들에게 달려들어 용살권법의 전개하여 숨을 끊어놓았다.

가장 경지가 낮은 홍련만 해도 성인 남성 10명이 덤벼들어도 상처 하나 없이 제압할 수 있는 경지이니 어지간한 실력자가 아니고서는 용살문의 제자들을 막아낼 수 없는 것이 당연했다.

권산도 가만있지 않았다. 이번 거사에는 그가 맡은 역할이 가장 컸다.

제곡이 혼란을 일으키고 사형제들이 퇴로를 막아 고기를 그물에 몰아넣은 뒤 마지막으로 건져 올리는 것이 그의 역할이었다.

품속에 감추고 있던 무라사키 소검을 우수에 말아 쥐고 권산은 가장 가까운 경호원부터 기습했다.

그는 권총을 꺼내려 했지만 권산이 검을 그어 올리자 팔이 통째로 날려갔다. 좌수로 미간을 가격하자 그는 비명도 지르지 못한 채 절명했다.

그렇게 우검좌수의 수법으로 여섯을 처리했을 때 마침내 렌즈 화면에 몇 개의 탄도가 몸통을 향해 그려졌다. 권산은 경호원의 몸을 방패 삼아 뒤로 돌아간 뒤 이형보를 전개하여 탄도를 회피했다.

장내는 아비규환으로 비명과 고함이 난무했다. 권산이 20명쯤 쓰러뜨렸을 때 대사형을 보니 그 역시 출중한 무술 실력으로 주위의 경호원들을 대부분 쓰러뜨린 상태였다.

권산이 제곡을 겨누는 경호원에게 소검을 던지고 폭풍 같은 강권을 거듭 전개하자 사지 육신 멀쩡하게 서 있는 이는 황보생을 포함하여 측근 10여 명에 불과했다.

더 이상 움직이는 경호원은 없었다. 그들은 퇴로로 빠져나가려 했으나 문 앞을 틀어막은 사형제들에게 걸려 수차례 실패한 뒤였다.

"제곡, 네놈이 은혜도 모르고 어찌 이럴 수 있느냐?"

황보생이 제곡을 향해 마구 손가락질을 했다. 황해 해적 나부랭이를 거두어 경호원으로 써줬으면 감지덕지해도 모자란 천것이 이렇게 뒤통수를 치니 배신감에 치를 떠는 것이다.

"황보생, 암천회가 자행한 수많은 과오 앞에서 편히 죽을 수 있을 거라 생각 마라."

"저, 저 천둥벌거숭이를 누가 죽일 것이냐?"

황보생이 측근을 돌아보자 그의 심복이자 갱단을 휘하에 두고 있는 금삼문이 나섰다.

"안심하십시오, 회장님. 조금만 시간을 끌면 제 아래 삼합회에서 지원이 올 겁니다."

금삼문은 기골이 장대하고 타고나길 장사로 태어난 데다 젊은 시절 형의권을 수련하여 어둠의 세계에서 일찍부터 두각을 보였다. 황보생은 내심 기대하며 금삼문과 제곡의 대결을 지켜보았다.

형의권은 상당한 실전권으로 유명했다. 권술의 초식도 매우 거칠어 상대가 방어하면 부수고 들어가고, 반대로 상대가 공격하면 타격과 방어 동작을 한 동작 안에 포함시켜 같이 타격하는 식이기 때문에 매우 공격적이다.

금삼문과 제곡의 대결은 초반부터 맹렬하게 이루어져 순식간에 50합도 넘게 전개되었다. 금삼문은 오행단식과 십이형권

을 정신없이 쏟아내며 우세를 잡고자 했으나 제곡의 연환권
과 강권의 연수에 점점 페이스가 말리며 상체 요혈 이곳저곳
을 격타당하고 무릎을 꿇었다. 마지막으로 백회혈을 수도로
내려치자 두개골 틈새에서 피가 솟구치며 금삼문은 절명하고
말았다.

제곡은 활활 불타오르는 눈빛으로 황보생을 바라보며 읊조
렸다.

"우리 용살문은 반드시 암천회를 이 세상에서 지우겠다. 너
는 그 시작에 불과하다, 황보생."

수 분 뒤.

장내에는 더 이상 살아 있는 이가 없었다. 용살문도들은 제
순의 부하가 모는 승합차를 타고 북경 시내를 빠져나갔다. 제
순은 차 안에서 한동안 어딘가로 전화를 걸더니 희색이 만면
해 제곡을 바라보았다.

"대사형, 해적 본단 쪽에서 이사형이 거사에 성공했다고 합
니다. 포충의 심복을 제거하고 통제권을 손에 쥐었어요."

"두 곳의 거사가 모두 성공했구나. 되었어, 되었다. 천지신명
의 도움이다."

교외에 미리 마련해 놓은 안전 가옥에서 사형제들은 몸을
씻고 피로 범벅이 된 옷을 갈아입었다. 다행히 총상을 입은

사람은 없었으나 칼에 베인 상처는 다들 제법 갖고 있어서 창상약을 바르고 붕대로 몸을 감쌌다. 제곡은 모두가 모이자 앞으로의 계획에 대해 말했다.

"이제 나와 제순은 황해 해적 본단으로 돌아간다. 그곳을 완벽히 장악하고 암천비원을 노려 사부님의 흔적을 찾겠다. 둥 사제는 이제 항주로 돌아가고, 권 사제는 홍 사매를 데리고 이제부터 한국에 가 있는 게 좋겠다."

"대사형, 저도 대사형을 따라가겠어요."

제곡은 고개를 저었다.

"그곳엔 세상의 온갖 추악함이 모여 있다. 사매가 갈 만한 곳이 아니야. 때가 되면 부를 테니 무술에 더욱 정진하거라."

사형제들은 길고 긴 밤 이런저런 추억거리를 이야기하며 시간을 보냈고, 다음 날 각자의 길로 흩어졌다.

7장
J&K 제약 회사

권산과 홍련은 북경에서 출발하는 CTX를 타고 대평원을 횡단해 평양에 도착했다. 서울행 노선이 없는 것은 대평원에 괴수들이 밀집한 지역이 서울 쪽 방향을 틀어막고 있는 탓이었다.

평양에 도착하자 기차를 갈아타고 서울에 도착했고, 서울역에는 익숙한 이가 마중 나와 있었다. 완연한 겨울이라 그녀는 하얀 패딩에 붉은 목도리를 두르고 있었다.

"권산 헌터님, 정말 오랜만이에요. 근 세 달 만인가요? 옆에 계신 분은 누구? 설마 애인인가요?"

"동생이야."

"흠, 이상한데?"

그녀는 바로 민지혜였다. 민지혜의 검은색 세단을 타고 셋은 인천의 아지트로 향했다. 민지혜는 운전석에 앉아 그동안 벌어진 한국 소식을 전해주었다.

"권산 헌터님은 이제 유명인이에요. 완전 유명인. 통일한국에서 대통령 이름은 몰라도 권산 헌터님 모르는 사람은 없을걸요."

"미나의 레이드도 끝났는데? 내가 유명하다고?"

민지혜는 뿔테 안경을 추켜올리며 슬쩍 백미러를 쳐다보았다.

"독일에서 로봇과 대결한 영상, 저도 봤어요. 정말 끝내주던데요? 설마 독일에서만 방송되고 한국에서는 아무도 모를 거라 생각한 거예요? 한국은 예나 지금이나 인터넷 강국이잖아요. 하여간 한국에서는 가면 검사가 현무 길드의 권산 헌터님이라는 거 완전 공개되었으니까 알아서 인기 관리 잘하세요."

"맙소사."

권산은 WC로 웹에 접속해 민지혜가 말한 영상을 찾았다. 영상은 이미 10억 뷰 이상 기록되었고, 댓글은 셀 수도 없었다. 게다가 가면 검사 얼굴 공개라는 부제까지 달려 있었다. GS—1과 GS—2와 벌인 대결이 여러 대의 카메라로 촬영된 뒤

적절하게 편집되었는데 사람의 육안으로는 보이지 않는 용살 권법의 초식도 초고속 카메라로 하나하나 클로즈업까지 해가 며 재생되었다. 갑옷이나 무기는 미나의 레이드에서 쓴 그대로 이고 무술 동작까지 비슷하니 못 알아보려야 그럴 수도 없었 으리라.

아지트에 도착하자 민지혜는 돌아갔고, 권산과 홍련은 문 앞에 서서 초인종을 눌렀다.

"누구세요?"

"집주인."

"꺄악! 아빠, 왔어요!"

한별의 호들갑스러운 비명과 함께 문이 벌컥 열렸고, 한별 과 그 뒤에는 김요한이 서 있다.

"아저씨, 대체 왜 이제야 나타난 거죠? 여기 언론사 기자들 이 몰려와서 얼마나 우릴 괴롭혔는지 알고는 있어요? 엉엉! 아 빠랑 정말 힘들었단 말이에요."

권산은 멋쩍게 문밖을 보며 딴청을 피웠다.

"그런데 이분은?"

한별이 홍련을 지그시 바라보다가 눈을 게슴츠레하게 떴다.

"혹시 그렇고 그런 사이인가요?"

권산은 한별의 머리를 콩 하고 쥐어박고는 퉁명스레 말했 다.

"그냥 동생이다. 앞으로 같이 지낼 테니 통성명을 해둬."

권산은 독일에서 게오르그 박사에게 선물받은 통역기를 홍련의 목에 걸어주었다. 홍련은 한국어라고는 간단한 인사말밖에 모르기 때문이다.

"반가워요. 저는 홍련이에요."

중국어로 말하자 통역기에서 한 템포 늦게 한국어로 변환되어 송출되었다. 홍련도 한별도 이 신기한 기계에 크게 감탄했다.

"저는 김한별이라고 해요. 여기는 제 아버지세요."

"김요한이라고 하네."

"반갑습니다."

권산은 짐을 끌고 들어가 거실에 풀어놓고는 1층에 홍련의 방을 정해주었다.

여독을 풀기 위해 샤워를 하고 나오니 홍련과 한별은 나이 차가 크지 않아 금세 친해졌는지 거실에서 수다를 떨고 있었다.

권산은 짐에서 뭔가를 꺼내 2층의 김요한에게 가져갔다.

"박사님, 이걸 좀 봐주시죠."

"응, 뭔가?"

권산의 손에서 퍼진 것은 찢어진 한 장의 종이로 바로 암천 비원에서 가져온 암천마제의 화성행 티켓 페이지였다.

"이, 이건……!"

김요한은 화급히 떨리는 손으로 돋보기안경을 잡고 세밀하게 들여다보았다. 엑소더스 프로젝트에 대해 많은 자료를 확보한 그였지만, 실제로 탑승자 1만 명에게 지급된 티켓에 관한 실물 자료는 전혀 없었기 때문이다.

"박사님, 제가 궁금한 점은 그 티켓에 적힌 사람이 정말로 엑소더스선을 타고 화성으로 갔는가 하는 것입니다. 알아낼 방법이 없을까요?"

"잠시만 기다리게."

김요한은 책장에 꽂힌 여러 개의 파일 중 하나를 가져와 펼쳤다.

영어로 인명과 직급이 빼곡히 적힌 그 목록 첫 장 첫 줄에는 당시 미국 대통령이 적혀 있고 그 바로 아래 리처드 왕이라는 이름이 적혀 있었다.

"여기 있군. 직급에는 초인[Meta human]이라는 괴상한 명칭이 붙어서 나도 지금껏 누군가 하던 인물인데, 혹시 누군지 아나?"

"잘은 모릅니다. 하지만 꼭 만나고 싶어서요."

"농담도 잘하는군. 이자가 화성으로 무사히 이주했다 해도 이미 백 년이나 지났으니 살아 있을 리 없잖은가?"

권산은 김요한의 말에 은은한 미소만을 지을 뿐이다. 이로

써 암천마제가 화성으로 이주했다는 사실은 확인되었다. 암천마제와 얽힌 사문의 원한을 풀자면 권산 본인이 직접 화성으로 가는 것 외에는 다른 방법이 없었다.

"화성 신호 연구에 대해 추가적인 소득이 좀 있으신지요?"

"괄목할 만한 성과가 하나 있지. 바로 보여줌세."

김요한은 전파망원경과 연결된 컴퓨터를 조작하여 어떤 음원 신호 하나를 화면에 띄웠다.

"자네가 독일에 가 있는 동안에도 신호가 한 번 들어왔어. 우주를 통과해서 대기권으로 들어온 신호와 오키나와 쪽에서 올라오는 신호 양쪽을 최대한 복구하고 손실된 부분은 상호 보충 하여 거의 원문에 가깝게 펄스를 복원해 낼 수 있었네. 한번 들어보게나."

―여기는 자유 연합. 우리는 살아 있다. 피의 황제를 무너뜨릴 때까지 전쟁은 멈추지 않는다. 지구의 생존자들에게 화성의 소식을 전한다. 우리는 제국에 맞서 자유를 위해 싸운다. 지구의 형제들이 이 신호를 받는다면 무슨 수를 써서든 지원해 주길 부탁한다. 우리는 동맹이 절실하다. 불사의 황제를 죽이고 화성에 자유의 땅을 만들자. 황제는 클론군단과 오크병단을 가지고 있다. 우리 연합은 지구의 도움이 절실하다.

"어떤가?"

권산은 김요한의 물음에 대답할 수 없었다.

음성 신호는 영어로 녹음되었지만 권산도 영어는 수준급이 었기에 이해하는 데 문제는 없었다. 특히 주목할 만한 단어는 피의 황제, 제국, 불사의 황제, 오크병단이었다.

김요한은 깊은 생각에 빠진 권산을 보더니 하나하나 단어 를 지목하며 스스로의 생각을 덧붙였다.

"이 신호 외에도 펄스가 많이 손상되었지만 몇 단어 정도 들을 만한 신호를 조합해서 추론한 결론을 말해줌세. 일단 엑 소더스선 대부분은 화성에 잘 도착한 모양이야. 과연 미국의 우주공학이 대단하긴 한 모양이지. 그 이후 화성에서 제국이 라는 국가를 만들었어. 그런데 그 수장은 대통령이 아니라 황 제라고 불리지. 즉, 엑소더스선을 타고 건너간 미국의 정치인 들은 아마도 착륙 전에 사고로 죽었거나 황제라는 자에게 죽 임을 당한 것 같아. 황제는 피로 국가를 다스렸고, 그 과정에 서 미국의 민주주의는 철저히 말살되고 정치는 중앙집권제로 회귀되었지. 황제는 자신의 통치 체제 유지를 위해 인간을 복 제하여 군단을 만들고 오크라 불리는 화성의 생물을 이용해 병단을 꾸린 모양이야. 하지만 자유를 원하는 시민들이 연합 이라는 이름의 단체를 만들고 황제에게 저항하기 시작했고, 이들은 지구의 생존자들에게 화성의 상황을 알리고 지원을 받고 싶기 때문에 무선 신호를 쏘아온 것 같아."

권산이 생각하기에도 김요한의 추론은 그럴듯했다. 모든 정황이 그 추론에 신빙성을 더해주고 있었다. 더구나 그는 짚고 넘어가지 않았으나 권산에게는 '불사의 황제'라는 문구가 예사롭게 느껴지지 않았다.

'불사의 황제, 죽지 않는 인간, 내가 그런 사람을 딱 한 명 알고 있지.'

바로 암천마제이다. 암천마제가 화성에 가서 대체 무슨 일을 벌인 건지 권산은 어렴풋하게나마 감을 잡을 수 있었다.

"조만간 오키나와 쪽에 레이드가 있을 겁니다. 박사님이 원하신다면 제가 신호의 발원지를 찾아보겠습니다."

"그래주겠나? 정말 그래줬으면 좋겠네. 내가 직접 갔으면 더 좋겠네만……."

"오키나와는 접근 금지 구역이라 박사님이 가기엔 위험합니다. 이어도에 전진기지가 있는데 거기라면 어떻습니까?"

김요한이 활짝 웃었다.

"연구를 할 수 있다면 어디든 환영일세."

권산은 홍련에게 집을 보여주었다. 특히 홍련은 지하의 도장 시설에 감탄했다.

"이제부터는 사매도 자유롭게 쓰도록 해. 앞으로 틈틈이 수련을 봐줄게. 용살기공이 지금 몇 성이지?"

"얼마 전에 7성에 도달했어요."

"빠른 성취인데? 각 단계별로 내가 겪은 시행착오를 알려줄게. 도움이 될 거야."

권산은 도장 옆의 슈퍼컴퓨터실로 갔다. 먼저 홍련이 목에 걸고 있는 게오르그 박사의 통역기를 건네받아 이데아5 기종과 연결시켰다.

"이데아, 이 통역기 좀 분석해 봐. 원리는 어떻고 복제 생산은 가능한지 확인할 수 있어?"

─네, 주인. 잠시만요.

이데아는 5분 정도 여러 경로로 통역기의 OS와 프로그램을 분석했다. 작업이 쉽지가 않은지 본체의 푸른 램프가 수없이 점멸했다.

─끝났어요, 주인. 제가 보유한 툴보다 진보된 테크놀로지가 쓰여서 분석률 80% 이상 진행이 불가능해요. 음성 변환 원리는 비교적 간단해요. 외부에서 녹음되는 언어 정보를 모아서 문자로 바꾼 뒤 이를 다시 사용자가 원하는 음성 언어로 바꾸는 시스템이 들어가 있어요. 사용자의 목소리를 몇 가지 패턴으로 녹음하고 이를 표준 문자 음성 전환 시스템으로 옮겨서 개성 있는 목소리 송출도 가능하고요.

"게오르그사에서 상용화시키지 않은 제품이라 복제를 했으면 좋겠는데, 가능하겠어?"

─불가능해요. 이 OS에는 자체 개발된 기계어가 사용되었

어요.

"아쉽군."

권산은 홍련에게 일단 통역기를 돌려주었다.

"사매, 언제 용살문으로 돌아갈지 기약이 없으니 당분간 내 일을 좀 돕겠어?"

"그래요. 저도 제 몫은 하고 싶어요. 사형이 한국에서 헌터 가 되었다고 들었어요. 저도 헌터가 될 수 있을까요?"

"음, 한국은 중국과 달라서 돌연변이 유전자가 없으면 헌터 등록이 불가능해. 일단 내가 하던 방식으로 위조 서류를 만 들어줄게. 그 후에 헌터 등록을 하고 같이 일을 하자고."

권산은 홍련과 함께 벌쳐를 타고 김포 크래프트로 갔다. 미 리 장비를 맞추고 가장 마지막 레이드에서 얻은 부산물을 분 석하기 위해서였다.

권산은 골판코끼리 갑옷을 포함한 무라사키 장인검 세트를 모두 김포 크래프트에 수리를 맡겼다. 그동안 혹사하여 부러 지고 금이 간 곳이 많아 더 이상은 쓰기 힘들었기 때문이다.

"사매도 용살검법을 배웠을 테니 손에 익은 스타일의 검을 골라보도록 해."

"호호호, 사형이 전부 사주는 거죠? 맘대로 골라도 돼요?"

"그럼."

홍련은 성인 남성도 들기 버거워할 만한 무지막지한 흑색

청룡도를 골랐다. 용살검법을 펼치기에 적합한 형태는 아니었다.

"괴수들 갑각이 어지간해선 뚫리지 않는다는데 아직 검기상인 초입인 제가 이 정도는 휘둘러야 하지 않겠어요?"

틀린 말은 아니었지만 용살검법을 도식으로 바꾸고 중검의 묘를 살리는 쪽으로 초식을 좀 손봐야 할 듯했다. 그녀는 부메랑처럼 휘어진 쿠쿠리 단도를 여러 자루 챙겼다. 권산은 모두 계산을 하고 벌쳐에서 광물 주머니 하나를 꺼내왔다. 투명 악어를 사냥하고 나온 수확물인데 독일행 비행기를 타는 바람에 제대로 분석을 못 해서 안에 무엇이 들어 있는지도 모르는 상태였다.

권산은 광물 분석 코너의 직원에게 물건을 내밀었다.

"잠시만 기다리세요, 권산 님."

직원이 사라지자 홍련이 꾹꾹 그의 옆구리를 찔렀다.

"한별이 말이 사형이 꽤 유명하다더니 여기 직원들이 사형 이름도 다 아네요."

"흠."

그동안 여러 차례 와서 안면은 익었을 테지만 이름까지 아는 걸 보면 확실히 매스컴에서 그의 얼굴을 대대적으로 뿌리며 띄운 게 분명했다. 차슬아 마스터도 옳다구나 하며 동조했을 것이고.

"분석 끝났습니다. 순도 99%의 옵사디움이군요. 상당히 귀한 광물인데 운이 좋군요. 이 정도 분량이면 매각했을 때 30억 원의 가치가 있습니다."

권산은 생소한 광물의 이름에 고개를 갸웃했다.

"양에 비해 몹시 가치가 높은 모양인데 어떤 효과가 있소?"

"일단 충격 분산 효과가 탁월합니다. 단번에 절삭되지만 않는다면 외부의 충격이 연결되어 있는 모든 옵사디움 분자로 퍼져 나가는 구조를 가졌어요. 타 금속과의 합금도 어렵지 않아서 물성을 자유자재로 조정해 제련도 쉽고요. 최상급 갑옷의 재료입니다."

"잘됐군. 갑옷으로 만들 만한 양이오?"

"옵사디움만으로는 무리지만 적절히 합금을 하면 두 명분은 가능할 것 같군요."

"좋소. 우리 두 사람의 치수를 재단해서 만들겠소."

권산은 갑옷 제작비로 10억 원을 지불했다. 합금에 쓰이는 광물도 보통 금속이 아닌 데다 장인의 공임이 포함된 금액이다. 어마어마한 물건값에 홍련의 눈동자가 휘둥그레졌다.

"사형, 너무 많이 쓰는 거 아니에요?"

"목숨값으로 생각해라. 헌터는 장비에 돈을 아껴선 안 돼. 레이드로 돈이 생기면 나중에 갚고."

"흥! 그럼 그렇지. 귀여운 사매에게 정말 받을 거예요?"

권산은 홍련의 머리를 콩 하고 쥐어박았다.

"프로의 세계는 냉정하다. 이번까지는 내가 선물할 테니 앞으로는 사매가 번 돈으로 처리하도록 해."

홍련의 얼굴이 대번에 활짝 펴지며 실실거렸다.

"흐흐흐, 고마워요, 사형."

권산은 내공증폭벨트를 1개 더 만들고 블러드로키의 심장에서 나온 내단석을 장착한 뒤 홍련에게 주었다. 홍련은 처음 보는 벨트를 이리저리 돌려보며 허리에 찼다.

"믿기 어렵겠지만 내공을 최대 여섯 배까지 증폭시킬 수 있는 벨트다. 중심의 내단석은 증폭할 때마다 소모되니 꼭 필요할 때만 사용하거라. 과하게 사용할 경우 혈맥이 상할 수 있다는 점은 명심하고."

"진짜요?"

"사실이다. 네 육체가 몇 배 증폭까지 감당할 수 있을지는 스스로 알아내거라."

홍련은 세상에 그런 신병기가 있냐는 듯한 표정으로 믿기 어려워했으나 권산이 허투루 말할 성격이 아님을 잘 알고 있었다. 결국 아지트 도장에 돌아가 테스트해 볼 생각이다.

둘은 이내 김포 크래프트를 나와 강남의 국립괴수연구소를 찾아갔다. 지명훈이 요구한 괴수들의 라독을 건넨 지 오래된 건 아니지만 연구가 어떻게 되어가는지 궁금했기 때문이다.

별관으로 들어가 지명훈의 연구실로 들어서자 한창 연구에 몰두 중인 그를 볼 수 있었다.

"지명훈 박사, 나 왔네."

"여어, 친구, 이런 유명인이 내 연구실로 찾아와 주다니 영광인걸. 옆에 아가씨는?"

"홍련이라고 해요."

"반갑소. 지명훈이오."

지명훈은 권산을 연구실 깊숙한 곳으로 안내했다.

"연구 성과를 보러 온 거지?"

"그래."

"자네가 준 라독 시료의 분석은 이미 90%가 완료되었어. 기대 이상으로 이데아가 일을 잘해주더군. 그 인공지능 덕에 게놈 지도를 그리는 작업이 다섯 배는 일찍 끝난 거 같아."

지명훈은 연구실 깊숙한 곳의 대형 스크린을 조작하여 화면을 띄웠다. DNA를 뜻하는 이중 나선 구조가 여러 컬러로 표현되어 떠올랐다.

"진공두꺼비, 육수몽키, 분열달팽이, 녹각순록, 블러드로키, 투명악어 순서로 DNA를 배치했어. 저기 적색 영역이 방사능 해독을 주관하는 핵산으로 밝혀졌지. 저 염기 구조를 모방해서 화합물을 만들고 임상 실험을 거치면 이제 완성되는 거지."

권산은 화면을 뚫어지게 바라보았다. 잘 모르는 분야였으나 동업을 하고 있는 마당에 조금이라도 이해해 보려는 것이다. 권산이 한동안 DNA 모형을 주시하다가 물었다.

"임상 실험이라면 뭘 말하는 건가?"

"연구로 만든 시제품을 방사능 수치가 높은 사람이 복용해 보는 거지. 흔히 방사능 병이라고 하는 증상 있잖은가. 일반인을 대상으로 하자면 지금의 방사능 해독제 대비 효과가 얼마나 있는지 확인하기 어렵거든. 내 예상으로 시제품은 라독의 DNA를 모방해서 만들긴 하겠지만 화학적 구성 성분이 다르기 때문에 오히려 인체의 약리작용 차이로 약효가 더 좋을 수도 있을 것 같아."

"지원자를 구하는 게 어렵겠군."

지명훈이 무거운 얼굴로 고개를 저었다.

"지원자는 구하기 쉬워. 방사능 병에 걸려 병원에서도 손을 쓰지 못하고 오늘내일하는 환자는 많거든. 다만 문제는 이 인공 해독제의 존재가 지금 외부에 공개되어선 곤란해. 자네도 알다시피 생산 설비와 유통망, 관계 법령 모두가 준비가 끝난 상태에서 방해 공작이 들어올 여지가 없을 만큼 빨리 공개하고 시판까지 이뤄내야 하잖나."

"그건 그렇군."

"내 예상으로는 2개월 안에 프로토타입 시약이 나올 테니 그 안에 보안을 지켜줄 만한 임상 대상자를 찾아내야 하네. 자네가 좀 도와주겠나?"

권산의 뇌리에 누군가의 얼굴이 스쳤다. 막 헌터 세계에 입문했을 때 멘토가 되어준 인물이다.

'박철순 형님의 딸이 방사능 병이라고 했지, 아마?'

물론 100% 확실하다 할 수는 없는 약이다. 권산은 박철순에게 임상을 거절당하면 이미나를 찾아갈 생각이다. 그녀라면 진성그룹 산하의 대형 병원에서 임상 대상자를 찾을 수 있을 것이다.

"그러지. 내가 임상 대상자를 찾아보겠네."

"좋네. 2개월만 기다리게. 꼭 프로토타입을 만들어 보이지. 아 참, 자네가 외국에 가 있는 동안 괴수들의 사체를 매각한 돈이 있는데 지금 입금해 줄까?"

권산은 고개를 저었다. 적지 않은 돈임에는 분명했으나 지금 권산은 백억이 넘는 자산가로 금전적인 면에서 몹시 자유로운 수준에 올라 있었다.

"그냥 자네 연구비로 쓰게."

지명훈은 머리를 긁적이며 고개를 끄덕였다. 마침 그는 돈이 궁한 참이었다. 권산과 홍련이 작별 인사를 하자 지명훈이 손을 흔들고는 파일 철 하나를 권산에게 건넸다.

"이게 뭔가?"

"가면서 읽어보게. 앞으로의 사업을 위해서 생각해 본 바를 적은 것이네. 잘 가게. 아 참, 홍련 씨도 조심히 돌아가세요."

홍련도 씽긋 웃으며 손을 흔들었다.

"네, 다음에 또 뵈어요."

권산은 홍련과 벌쳐로 돌아와 자리에 앉아 파일 철을 열었다. 크게 인쇄된 제목이 한눈에 들어왔다.

J&K 제약. 기업 제안서.

권산은 피식 웃음이 나왔다. 지명훈은 자신과 권산의 이름 약자를 딴 제약 회사를 설립하자고 제안한 것이다. 짤막한 메모지가 붙어 있었는데 '때에 맞게 단계를 밟아가야 하지 않겠나?'라는 문구이다.

제안서에는 지금 부도가 나서 매각 물건으로 나온 중소 제약회사 하나가 소개되어 있었고, 매입 자금 50억 원으로 기업을 인수한 뒤 본격적으로 설비를 늘려 인공 해독제를 양산하는 계획이 들어 있었다. CEO[최고경영자]는 지명훈, COO[최고집행책임자]는 권산으로 제안되어 있었다.

권산은 파일 철을 덮고 고민에 빠졌다. 지명훈의 말처럼 무슨 일이든 단계라는 게 있다. 지금까지는 별문제가 없었으나 사업을 크게 벌이자면 시스템에 기반을 둬야 한다. 국가에서 인정하는 대표적인 사회적 시스템이 바로 기업이고, 기업의 형태로 경제 활동을 해야만 자신이 필요한 만큼의 자본을 단기간에 얻을 수 있었다.

권산은 지명훈에게 렌즈 화면을 조작하여 메시지를 보냈다.

[제안은 OK. 시제품의 임상이 끝나는 대로 기업 인수 자금을 입금하지.]

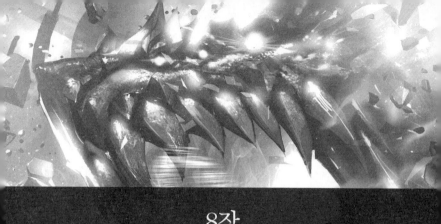

8장
이어도의 불청객

　권산은 압구정 방향 한강 변 둔치에 앉아 강물을 향해 돌을 던졌다. 돌멩이가 일으킨 파랑이 느지막이 강변에 닿자 등 뒤에서 웬 육중한 발자국 소리가 들려왔다.

　"참 의외로군. 자네가 먼저 나를 찾다니."

　발자국의 주인공은 권산의 옆에 나란히 앉아 메마른 한강을 주시했다. 그는 바로 김만력 소장이었다. 찬란한 두 개의 별은 어디로 갔는지 그는 사복 차림이었다.

　"소장님이 아니고서는 믿을 수 있는 사람이 없더군요."

　"천하의 권산에게 인정받은 건가? 이거 영광인데. 자네가 독일에서 벌인 전투로봇과의 대결은 잘 봤네. 역시 명불허전이더군."

권산은 깊게 한숨을 내쉬었다. 한국에서는 모두가 그 영상을 본 모양이다. 신변의 비밀을 중요시해서 최대한 노출을 피하려 했지만 이래서는 곤란했다.

"그 이야기는 하고 싶지 않군요. 한 가지 부탁과 한 가지 제안을 하고 싶습니다."

"말해보게."

권산은 품에서 서류를 꺼내 김만력에게 건네었다. 홍련이 헌터 세계에서 일할 수 있도록 하는 위조 서류의 요구안이었다.

"중국인 여성인데, 제게 해주신 것처럼 가짜 신분증과 이능력 증명서를 부탁드립니다."

김만력은 서류는 받았지만 몹시 불쾌한 표정을 짓고 있었다.

"이런 부탁은 영 불쾌하군그래. 자네의 신분 세탁을 해줬다고 해서 나를 브로커쯤으로 여기는 건가?"

"그럴 리가요. 제가 수학한 사문의 사매인데, 제겐 가족과 같은 사람입니다. 이런 부탁은 이번이 끝이고요. 소장님에게 득이 되는 제안까지 마저 들어보시죠."

김만력은 노기를 풀지 않은 채 고개를 끄덕였다.

"대신 통일한국 군부 최고의 암 덩어리를 도려내게 해드리죠."

김만력의 어깨가 흠칫 떨렸다. 그는 조심스러운 어투로 낮게 읊조렸다.

"박돈학 중장을?"

"네. 그 백 년 묵은 구렁이를 확실하게 보낼 수 있습니다."

"어떻게? 그자의 군부 내 영향력은 대통령에 못지않아. 어중간한 비리 정도로는 그를 무너뜨릴 수 없네."

"박돈학이 먼저 제게 접근해 왔습니다. 다시 손을 잡고 음지에서 괴수 사냥을 해서 사체를 중국 쪽의 암시장에 팔 계획이죠. 박돈학이 군 병력을 빼돌려 괴수 사냥대를 조직하고 이를 사병화하여 군수물자와 자금을 축적하는 증거를 종종 드리죠. 잘만 하면 국가 반역죄 정도로 엮어 넣을 수도 있을 겁니다."

김만력은 턱을 쓰다듬으며 고민에 빠졌다. 권산의 말대로만 증거를 모아간다면 아주 불가능한 일은 아니었다. 다만 본인의 재량권을 남용하여 군을 이용해 재산을 축적하는 것과 그 재산으로 국가를 전복할 준비를 하는 것은 그 죄질에서도 천지 차이였다.

"권산, 너를 포함해 연루된 군인들도 무사하지 못할 텐데."

"부하들은 빠져나갈 구멍을 마련해 주십시오. 박돈학이 내린 정식 명령서에 의해 차출된 인원이니 가능할 겁니다. 저는 박돈학의 비리와 그의 목적을 진술한 뒤 알아서 잠적할 생각이니 신경 안 쓰셔도 됩니다."

김만력은 권산이 이 일을 마무리한 뒤 한국이 아니라 다른 곳으로 떠날 것임을 직감했다. 한국에 연고가 크게 있는 것도 아니니 타국에 가서 헌터 일을 한다고 해서 그에게는 크게 손해라 볼 수도 없을 터였다.

"내부 고발자 정도로 해서 최대한 구명은 해주겠네. 그리고 그런 정보를 제공해 주는 대가로 자네 사매의 신분 세탁도 들어주도록 하지. 한 달 뒤에 서울역의 그 사물함에 가보게나."

김만력은 홍련의 신상이 들어 있는 서류를 챙기고 일어났다. 권산은 먼지를 털고 일어나 김만력과는 반대편으로 걸어갔다. 딱히 돌아본다던가 하는 행동은 하지 않았다.

*   *   *

한 달 뒤.

서울역에서 홍련의 위조 신분증을 찾자마자 권산은 종로의 길드 건물을 찾았다. 길드 규모가 커지자 한 번 이사를 했다고 들었는데 8층 규모의 작은 신축 빌딩을 통째로 임대해서 쓰고 있었다.

"어머어머, 어쩜 이리 몸이 좋아요?"

차슬아는 홍련의 몸 여기저기를 자기 몸처럼 만져대었다. 키가 크고 단련된 몸은 가벼운 경장 차림이라도 뚜렷하게 구분이 되는 모양이다. 차슬아는 홍련과 가벼운 한담을 나누더니 나이가 같다는 이유로 친구를 하기로 결정했다.

"저기 권산 헌터님과는 사문의 사형제 지간이라고? 요즘 같은 세상에 사문이니 사형제니 하는 데가 있단 말이야?"

"중국에서는 제법 유명한 곳이오. 같은 사부님 밑에서 배웠는데 그냥 무술 학교 정도로 생각하면 되오."

차슬아는 한국에 정착한 지 오래된 화교 집안으로 위조 신분이 작성되어 있고, 육체 강화 계열의 '이능력 유전자 증명서'를 가진 홍련을 별다른 의심 없이 길드에 가입시켜 주었다.

권산이 주위를 둘러보다 물었다.

"민 실장이 보이지 않는데, 어디 갔소?"

차슬아는 말도 말라는 듯 손을 휘휘 저었다.

"한 이 주일 됐나, 민 실장에게 스토커가 붙었어요. 아 참, 권산 헌터님도 상관이 있네요. 웬 놈들이 찾아와서 권산 헌터님을 찾기에 또 방송사에서 왔나 해서 민 실장에게 대응해 달라고 했거든요. 그 이후로 민 실장을 졸졸 따라다닌다고 하더라고요. 지금 그놈들 피하라고 민 실장 휴가를 좀 줬어요."

권산은 독일 영상 때문에 주위 사람에게까지 피해가 가는 것 같아 고개를 휘휘 내젓고야 말았다.

"계속 귀찮게 하면 내가 좀 만나볼 테니 알려주시오."

"역시 의리파라니까. 알았어요."

"아 참, 그건 그렇고, 요즘 박철순 형님은 잘 지내시는지?"

"박철순 헌터님이요?"

차슬아의 표정이 침울해졌다. 완연한 추위가 찾아온 겨울 동안 레이드는 대부분 멈춘다. 차슬아가 들은 박철순의 가장 최근 소식은 사냥 소식이 아닌 그의 개인사였다.

"박철순 헌터님에게 방사능 병에 걸린 딸이 있다는 건 아세요?"

권산이 고개를 끄덕였다.

"그 따님이 지금 좀 병세가 안 좋은가 보더라고요. 방사능 병이 말기 단계로 들어갔다고 해요. 워낙에 불치병인 데다 말기라면 사실상 특수 해독제가 먹히지 않는 단계잖아요. 거의 병원에 살다시피 하는 것으로 알고 있어요."

방사능 병에 걸린 뒤 회생하는 환자는 현대 의학으로도 10% 미만이다. 일반인에 비해 수십 배나 라독이 농축된 해독제를 상시로 복용하는 데서 오는 천문학적인 치료비가 그 첫 번째 이유이고, 설령 재력이 충분하여 약제를 복용하는 데 문제가 없다 해도 면역 체계가 붕괴하여 각종 합병증을 동반하기 때문에 생존율이 극히 낮았다.

권산은 길드를 돌아보고 적응하라는 의미로 홍련을 남기고 차슬아가 알려준 병원으로 직접 찾아갔다. 강남의 방사능 병 전문 국영병원이었다.

권산은 데스크에서 간호사의 도움으로 박철순의 신상을 찾 고 무균 병동으로 찾아갔다. 무균실과 밖은 유리벽 하나를 마 주한 채 삶과 죽음의 공간을 나누고 있었다.

유리벽 바깥의 보호자실에서는 초췌하게 마른 박철순이 덥 수룩한 수염을 깎지 못한 채 형편없이 구겨져 앉아 있다. 유 리벽 안에 있는 흰색 침대에 여덟 살이나 되었을 법한 여아가 죽은 듯이 누워 있다.

"박철순 형님."

퀭한 시선으로 박철순이 시선을 돌려 권산을 바라보았다.

"응? 권산 자네가 어쩐 일인가?"

"요즘 많이 힘드시다고 해서 한번 찾아왔습니다."

"고맙군."

둘은 아무 말 없이 유리벽을 바라보았다. 문득 박철순이 입 을 열었다.

"참 지랄 같은 병이야. 이거… 그렇게 노력했는데도 결국 의 사는 마음의 준비를 하라는군. 내가 그토록 많은 돈을 갖다 바친 결과라는 게 의사라는 작자에게 그 말 한마디 듣기 위해 서였다니 참 허탈하고 화가 치밀어."

"다른 방법은 없습니까? 효과가 있는 다른 약은요?"

"더 이상 손써볼 방법이 없대. 박새롬 양의 운명은 여기까지라는군."

권산은 더 이상 뜸을 들일 상황이 아니라고 생각했다.

"검증은 되지 않았지만 방사능 병에 써볼 만한 새로운 약제가 있습니다. 형님께서 동의하신다면 새롬이에게 그 약을 써보는 건 어떨까요?"

박철순의 눈에 순간 생기가 번뜩였다.

"응? 신약이 있어? 자세히 이야기해 보게."

권산은 박철순에게 인조 방사능 해독제에 얽힌 지명훈과의 일화와 한 달만 더 기다리면 프로토타입이 나온다는 것을 알려주었다.

"아직 임상 실험은 거치지 않아서 정확한 약효는 알 수 없지만 저는 지명훈 박사를 믿습니다."

"이미 새롬이의 병은 말기야. 임상을 거치고 안 거치고는 지금의 내게 중요하지 않아. 다만 라독으로 만든 특수 해독제도 효과가 없는데 그 인조 해독제는 효과를 낼 수 있을까?"

"잘 알진 못하지만 그 친구 말로는 인조 해독제는 라독의 DNA를 모방해서 만들었지만 구성 성분이 다르기 때문에 약리작용의 차이로 더 나은 효과를 볼 수 있을 거라더군요."

박철순이 권산의 손을 덥석 잡았다. 살이 빠져서 깡마른 손에서 거인과 같은 힘이 느껴졌다. 아버지의 힘이리라.

"한 달이면 어떻게든 버틸 수 있어. 꼭 그 약을 우리 새롬이에게 쓰도록 해주게."

"알겠습니다, 형님. 지명훈의 연락처를 드릴 테니 한 달 뒤이곳으로 그를 직접 부르도록 하세요."

"고마워. 정말 고마워."

박철순의 팔이 부르르 떨렸다. 권산은 한편으로는 신약이효과가 없으면 어떡하지 하는 걱정이 들었다. 채 피우지도 못한 생명 하나가 신약에 달려 있다. 권산은 렌즈 화면을 조작해 지명훈에게 임상 대상자를 찾았고, 시제품이 완성되는 대로 이 병원으로 와달라는 부탁을 메시지로 보냈다.

이제 남은 건 지명훈이 얼마나 잘해주느냐에 달려 있다.

병원을 나서서 길드에 들러 홍련을 태우고 김포 크래프트에서 의뢰한 옵사디움 갑옷 두 벌을 찾았다. 신체 사이즈를 재단해서 만들었기 때문에 착용감이 몹시 훌륭했다. 옵사디움합금에 부식에 강한 블랙크롬 도금까지 해놓았지만 비반사 처리를 해서 광도를 잔뜩 낮추어놓았기 때문에 번쩍거리는 느낌은 없었다. 레이드에 입고 나갈 갑옷이 번쩍거려서는 곤란하기 때문에 장인이 세심하게 신경 쓴 흔적이 역력히 드러났다.

"사형, 진짜 고마워요."

입이 귀에 걸린 홍련을 데리고 아지트로 돌아와 벌쳐를 세우자 마침 렌즈 화면에 수화기가 뜨며 영상통화 승인 여부 창이 떴다. 특수부대의 육상전대를 지휘하고 있는 강철중 대위의 연락이었다.

—충성. 오랜만입니다, 연구소장님.

"연구소장이라고 부르는 걸 보니 이어도기지 구축이 끝난 모양이지?"

—뭐, 거의 끝났습니다. 진광 대위가 아주 고생했습니다. 오셔서 보면 마음에 드실 겁니다. 오실 때 꼭 치킨 사오시고요.

"그 세포배양 튀김은 왜 이렇게들 좋아하는지 모르겠군. 연락한 이유는 이어도기지 구축 완성 보고 때문인가?"

화면 속의 진광이 고개를 저었다. 화상 카메라를 조작하는지 화면이 잠시 흔들리더니 어떤 밀폐된 철문의 작은 창을 비추었다.

—저 안을 보시죠.

화면에는 갑옷을 입은 십수 명의 헌터가 포박되어 있는 모습이 보였다.

"뭐지? 왜 민간인이 이어도에 있어?"

—제 발로 찾아왔습니다. 이자들이 무리하게 혹한기에 레이드를 나왔다가 폭설에 갇혀서 헤매던 중에 이어도기지 방벽이 안전해 보이니 무작정 들어와 버렸는데, 이거 함부로 보내

줬다가 우리 기지 소식을 누설할 것 같아서 일단 잡아버렸습니다. 남부 쪽에 불사조 길드라는 곳 소속이더군요.

권산은 이마를 탁 쳤다.

'처음부터 본래의 계획대로 이어도의 전초기지는 과학 기지라 설명하고 바로 내보내야 했다.'

아무것도 아닌 것처럼 대응했어야 하는데 이미 각종 화기를 들이대며 제압하고 감금했는데 이곳이 군사시설이 아니라고 해명하기에는 이미 늦어버렸다.

"내일 이어도기지로 가지. 목포로 시간을 맞춰 갈 테니 진광 대위를 보내줘."

─알겠습니다, 대장님.

다음 날.

권산, 김요한은 짐을 잔뜩 꾸렸다. 권산이 이어도기지로 들어간다고 하자 김요한이 바로 동행하겠다고 한 것이다. 그가 챙긴 과학 장비가 많아서 그의 승합차에 한가득 실렸다.

권산은 떠나기 전에 홍련을 불러 당부했다.

"나를 따라다니면서 내가 여기저기 일을 많이 벌인 것을 봤을 거야. 지금 통일한국 남쪽에 이어도라는 곳으로 가는 것도 내가 벌인 일을 처리하려는 거지. 한별이에게 한국어를 좀 배우고, 사형들이 스승님의 일을 어떻게 처리하고 있는지 한번 알아봐 줘. 길드에서 준 AR렌즈와 웨어러블 컴퓨터(WC)는 정말 유용하니 사용법을 잘 익히고. 돌아오는 대로 수련을 봐줄게."

"그래요, 사형. 걱정 말고 다녀와요."

둘은 김요한의 승합차를 타고 목포에 도착했고, 강철중에게 약속한 대로 엄청난 양의 치킨을 구입했다. 이후 마중 나온 진광의 쿼드 캐리어의 적재실에 승합차째로 탑승했다.

"크히히히, 대장, 기지 공사하느라 죽을 똥을 쌌는데 혼자서 어딜 그렇게 갔다 오셨습니까? 아주 로봇하고 뒤엉키는 영상이 사방을 도배하고 있더라고요."

"기지 건설에 아주 고생이 많았다더군. 수고했네. 이쪽은 김요한 박사네. 인사하게."

진광은 조종석에 앉아 몸을 뒤로 휙 돌려 손을 내밀었다.

"안녕하시오. 진광이오."

김요한은 조종간을 놓고 기체가 요동치든 말든 악수를 청하는 그의 터프한 행동에 재빨리 손을 마주 잡았다.

"반갑소. 나는 천문학자 김요한이라 합니다."

진광은 헤벌쭉 웃으며 조종간을 잡아 기체를 안정시켰다.

"박사님이 우리 기지에 가시니 정말 과학 기지 모양새가 날 것 같군요. 잘 부탁합니다."

진광은 김요한이 왜 이어도기지로 가는지 묻지 않았다. 권산이 직접 데려온 인물이니 다 생각이 있을 것이라 짐작한 것이다. 쿼드 캐리어는 거침없이 공기를 밀어내며 대평원을 날아갔다. 몇 시간을 날자 이어도 상공에 진입했고, 권산은 한눈에 기지를 내려다볼 수 있었다.

'융기한 지형을 잘 깎아서 방벽 모양을 내었구나. 방벽마다 촘촘하게 초소와 화기를 배치했군. 전술적인 배치야. 수백 명의 인원도 거뜬히 수용 가능하겠어.'

기지의 중앙에는 서바이벌 컨테이너를 장난감 정도로 보이게 만드는 거대한 금속 구조물이 겹겹이 쌓여 있었는데 쿼드 캐리어로 운송하여 현장에서 자유자재로 조립시킬 수 있는 모듈식 사령부였다. 사령부는 막사를 겸하고 있기 때문에 지금 대부분의 인원이 안에 있을 터였다.

쿼드 캐리어가 착륙장에 내리자 김요한의 승합차는 후진하여 기지 바닥으로 내려왔다. 착륙장에는 강철중이 기다리고 있었다.

"대장님, 기다리고 있었습니다. 기지 안내를 먼저 할까요, 아니면 불청객들을 먼저 보시겠습니까?"

"손님들을 먼저 볼까? 이분은 김요한 박사시네. 당분간 여기 기지에서 계실 테니 숙소를 안내해 줘."

강철중은 김요한에게 시선을 돌려 인사를 나누고는 하급자를 불러 김요한을 사령부의 개인실로 안내하도록 했다.

권산은 하급자에게 목포에서 사온 엄청난 양의 치킨 박스를 건네었다. 하급자의 얼굴에 희색이 가득하다.

　권산과 강철중은 사령부의 복도와 계단을 따라 가장 높은 위치에 있는 작전실까지 올라가 작전실 옆의 폐쇄된 철문 앞에 마주 섰다.

　"일단 감시를 확실하게 하기 위해 보안 문서실에 그들을 감금하고 일체의 대화도 하지 않았습니다."

　"헌터들이라 저항이 대단했을 텐데?"

　"추위에 완전히 질려서 제압하는 데 어렵지는 않았습니다. 보면 아시겠지만 어떤 이능력이 튀어나올지 몰라서 조금 과하게 포박한 감은 있지만요."

　철문을 열고 들어가자 12명의 남녀가 섞여 있는 헌터 무리가 눈에 들어왔다. 강철중의 말처럼 괴수용 강철 와이어로 온몸이 칭칭 감겨 있고 눈과 입은 질긴 천으로 막혀 있다.

　'맙소사!'

　권산은 그들을 향해 외쳤다.

　"누가 리더인가? 앞으로 나서라!"

　헌터들은 잠시 움찔하더니 한 명이 꿈틀거리며 앞으로 기어 나왔다. 권산이 강철중을 보며 말했다.

　"풀어줘. 다른 사람들도 얼굴은 치워주고."

　강철중이 하급자 둘을 불러 지시하자 와이어는 커터로 절단되었고 눈과 입의 천도 치워졌다. 포박이 풀린 헌터는 20대 초반으로 보이는 젊은 남성이었는데 매서운 눈매가 인상적이고 호승심이 넘치는 청년이었다. 다른 헌터들도 안대가 치워지자 말을 건넨 권산을 일제히 바라보았으나 조명이 역광이라 얼굴이 보이지는 않았다.

리더 청년이 갑자기 눈에서 불을 내뿜는 듯 쏘아보더니 권산에게 기습적으로 달려들었다. 청년의 양 주먹에서는 실제로 이글거리는 불길이 솟구치며 두 주먹이 시뻘겋게 달아올랐다.

"죽어!!"

"진정해!"

권산은 흥분한 채 달려드는 청년을 제지하려 했으나 그의 기세가 예사롭지 않자 본능적으로 용살권법을 전개했다. 청년과 주먹을 교환하며 공방이 얽히자 엄청난 열기와 터질 듯한 에너지가 권산의 상체를 압박했다. 그 열기에 겉옷이 불타오르고 경기공으로 피부를 보호했는데도 뼈까지 화기가 침투할 정도였다.

'이자의 이능력은 발화 계열인가? 엄청나게 뜨겁군.'

철룡벽을 전개하자 손 그림자가 상체를 덮으며 일종의 보호막이 펼쳐졌다. 유궁의 경지에 이르러 한층 선명한 권기 발현이 이루어진 것이다. 화기는 엄청난 열기와 아지랑이를 뿜어내었지만 권막을 뚫지 못하고 점점 밀려 나갔다.

권산은 화기의 방향을 완전히 허공으로 돌려놓자마자 비어 있는 청년의 상체를 향해 각법을 전개했다.

'출룡십삼각.'

뻗어나간 열세 개의 그림자는 곡선으로 뒤엉키며 머리의 요혈과 상체의 전면, 측면을 동시에 파고들었다. 시커먼 구렁이와 같은 생동감 넘치는 기운은 일단 명중하니 침투경으로 화하여 상대의 몸속으로 거침없이 파고들었다.

"커악!"

청년은 칠공으로 피를 토해냈지만 부들거리며 쓰러지지 않았다. 하나 힘이 잔뜩 빠진 콤비네이션 공격을 하더니 털썩 하고 바닥에 거꾸러졌다. 권산은 실전에서 처음 사용한 출룡십삼각의 위력에 전율했다.

'너무 과하게 손을 썼군.'

"불주먹!!"

"다훈아!"

청년의 동료들이 거칠게 외치며 일어나려 했다. 권산이 일행을 보며 말했다.

"죽지는 않았을 거야. 혹시 치료 능력자가 있으면 나와."

"내가 치료계 능력자요. 결박을 풀어주시오."

권산은 턱짓으로 그를 풀어주게 했다. 비대한 체구를 가진 남자는 황급히 다가와 쓰러진 청년에게 치료 광선을 쏘았다.

그도 백민주와 비슷하게 눈에서 하얀빛이 쏘아졌고, 광선에 닿은 청년은 움찔거리며 의식이 돌아오는 듯 보였다.

"누가 리더지? 여기 쓰러진 사람은 왠지 아닌 것 같아서 말이야."

권산이 재차 그들에게 묻자 치료를 하던 남자가 고개를 돌리며 답했다.

"내가 진짜 리더요. 그런데 혹시 당신은 현무 길드의 권산 헌터가 아닙니까?"

권산이 고개를 끄덕였다. 얼굴이 팔려서 이제는 생판 모르는 이까지 그를 알아보았다.

"이것 참, 영광이군요. 동종 업계 사람인 줄 알았으면 염다훈 이 친구도 그렇게 달려들지 않았을 겁니다. 저는 남부의 불사조 길드장 김대호라고 합니다."

그는 붙임성이 좋은지 이 얼어붙은 분위기 속에서도 미소를 잃지 않으며 권산에게 손을 내밀었다. 권산은 자신이 헌터인 것을 상대가 알고 있으니 뭔가 일이 쉽게 풀릴 것 같다는 느낌을 받았다. 자연스레 어투가 관대해졌다.

"권산이오. 내가 누군지는 잘 알 것 같고, 어쩌다 이 기지까지 오게 되었는지나 좀 들어봅시다."

"그전에 동료들을 좀 풀어줬으면 좋겠소만……."

권산이 강철중에게 눈짓을 하자 강철중이 돌아다니며 모두의 결박을 풀어주었다. 그러나 입구에 등을 대고 서 있는 부대원들의 개인 화기는 언제든지 불을 뿜을 준비를 하고 있었다.

"따로 조용한 곳에 가서 이야기를 좀 하죠?"

"좋습니다."

권산은 김대호를 데리고 보안 문서실을 나서서 적당한 회의실을 찾아 들어갔다. 약간 앞서 걷는 순간에도 어떻게 하면 이어도기지의 존재 이유와 자신이 이곳에 있는 이유를 그럴싸하게 만들어낼지 궁리했다. 회의실에 마주 앉자 권산이 먼저 제안했다.

"서로 궁금한 점이 많을 것 같은데, 내가 먼저 물어보겠소. 불사조 길드라고 하셨는데, 한겨울에 저렇게 많은 인원을 데리고 레이드를 나선 이유가 뭡니까?"

김대호의 안색이 침울해졌다.

"본래 동절기 레이드는 위험 요소가 많은 게 사실이지만, 괴수들의 활동성이 떨어져 둥지의 위치만 파악하면 의외로 쉽게 사냥을 할 수 있습니다. 더구나 몇 달 전에 많은 길드원들이 레이드 중 불의의 습격을 당해 보상금을 지불하고 나니 지금 길드의 재정이 말이 아닙니다. 돈이 원수지 이유랄 게 있겠습니까?"

권산도 어느 정도 알고 있는 바였다. 겨울에는 괴수 사냥이 극도로 위축되기 때문에 수요 과잉으로 인해 라독과 사체의 가격이 연중 최고치를 기록하게 된다. 가볍게 사냥해도 단단히 한몫 챙길 수 있으니 겨울 레이드를 나선 것을 이해하지 못할 바는 아니다.

"기세 좋게 설상차를 타고 B급 괴수 둥지를 습격했지만, 정보가 잘못되었는지 괴수는 온데간데없고 폭설만 들입다 쏟아져 며칠을 헤매다가 겨우 이 기지로 오게 된 겁니다. 이어도 좌표에 이렇게 큰 군사기지가 있는 줄은 몰랐지만요. 그런데 권산 헌터께서는 어떻게 이곳에……?"

권산은 당황하지 않고 자연스럽게 입을 열었다.

"음, 일종의 정부 미션이오. 현무 길드가 의뢰를 받았고 지금은 저 혼자만 참여 중이오. 보셨다시피 이곳은 군부에서 어떤 목적하에 최근에 만든 시설이고 현무 길드가 정부 미션을 받긴 했지만 의뢰 조건이 철저한 기밀 유지인지라 아마 공식 정보로는 볼 수 없을 것이오. 그런데 난데없이 십수 명의 헌터들이 기지에 난입해서 이 정부 미션의 기밀이 깨지게 생겼으니 군인들이 불사조 길드를 잡아서 구금한 것이오."

김대호는 궁금해 미칠 것만 같다는 표정을 지었다. 그도 10년이 넘게 헌터 생활을 하며 정부 미션도 수행해 본 적이 있지만 이렇듯 전폭적인 군사 지원과 기밀 유지를 하는 것은 본 적이 없었다.

"혹시 무슨 내용의 미션인지 알려주실 수는⋯⋯."

김대호가 조심스럽게 운을 뗐었지만 권산은 급히 정색을 하며 손을 흔들었다.

"곤란한 질문을 하시는군요. 제가 결정할 사항이 아닙니다. 지휘관에게 한번 물어보기는 하겠습니다. 이해해 주시길 바랍니다. 우선 서로가 가진 오해가 풀렸으니 동료들에게 돌아가 편히 쉬고 계십시오. 날이 좀 풀리는 대로 언제든 돌아가셔도 좋습니다."

김대호는 아쉽다는 표정으로 일어났다. 권산은 강철중에게 말해 헌터들에게 임시 숙소를 정해주고 식사도 넉넉하게 챙겨 주었다. 그들은 김대호에게 귀띔을 들었는지 권산을 힐끔거릴 뿐 딱히 문제를 일으키거나 질문을 하지는 않았다.

'이를 어쩐다.'

권산은 저들이 본토로 돌아가서 이어도기지의 존재에 대해 퍼뜨릴 경우 맞닥뜨릴 상황을 떠올려 보았다. A급 괴수를 사냥한 뒤 사체를 이곳까지 운반해 분해하여 박돈학 중장에게 보내야 하는데 헌터들이 기지를 주시하고 다급하면 찾아올 게 뻔하기 때문에 특수부대와 함께 활동할 때 몹시 제약이 따른다.

'아무래도 끌어들여야겠어.'

권산은 작전실로 들어가 컴퓨터에 USB 하나를 꽂았다. 접근 금지 구역에서 만난 미즈하라 하루가 건넨 그곳의 지도 정보였다. 그동안 보관만 했지 열어보는 것은 처음이다. 모니터에는 Y130 구역 전역의 구획도가 나뉘어져 나타났고, 지형도와 괴수 서식지가 여러 가지 도식과 함께 나타났다. 정보가 없는 곳은 어둡게 표현되어 있고, 오키나와 인근에서부터 중국의 동쪽 해안까지 이어지는 요르문간드 대협곡이 접근 금지 구역의 지면을 동에서 서로 나누고 있었다.

이 엄청난 크기의 협곡은 미궁 평원를 지나면 그 일부가 나타나게 되는데 핵전쟁 이후 지각변동에 의해 생성된 지 얼마 되지 않은 지형이다. 일본의 서부부터 오키나와를 지나 대만 북쪽까지 이어졌고, 뱀처럼 구불거리는 지형 덕에 북유럽 신화의 대지를 둘러싼 거대 뱀의 이름을 차용하여 명명된 곳이다.

자료에 나타난 A급 괴수의 서식지는 대협곡 주변에 밀집되어 있었다. 자연히 권산의 눈길은 악명 높은 괴수 무찰린다의 둥지로 향했다.

'저곳에 있군.'

지상형 괴수와 비행형 괴수는 색상으로 잘 구분되어 있었다. 같은 등급이라도 비행형 괴수는 몹시 사냥이 까다롭다.

A급 괴수라면 말할 것도 없이 기피 대상 1호였다.

'혹시 가루다도 이곳에 있나?'

권산에게는 원수와 다름없는 괴수이다.

'있다.'

대협곡의 북동 방향 협곡 건너편에 둥지가 있는 것으로 나와 있었다. 위치상으로는 일본 규슈와 가까운 위치였다. 권산의 마음이 난마처럼 얽혀들었다. 괴수의 존재에 대해 불같은 분노를 가지게 한 원흉이고, 언젠가는 반드시 죽음으로 복수해야 할 대상이다.

자료에는 총 30여 종의 A급 괴수가 있었는데 원거리에서 촬영한 사진을 보니 하나같이 그 외관이 만만해 보이지 않았다. 큰 놈은 전장이 100미터도 넘었고, 작다고 해도 50미터는 기본이었다. 그나마 자료에는 괴수들의 약점과 식생에 대해 자세히 나와 있어서 다행이었다.

지도에는 백여 종에 달하는 B급 괴수의 서식지와 정보도 나와 있었다. 그렇게 지도를 찬찬히 살펴보던 권산은 한 괴수에게 시선을 빼앗겼다.

'A급 괴수 골드윔.'

항상 한 쌍의 괴수가 군집을 이루고 암수 구분은 불가능하다. 노천금맥 인근에 둥지가 있고 금맥을 통째로 먹어 치워 표피가 금빛으로 빛나는 괴수였다. A급으로 분류된 이유는 80미터에 이르는 크기에 믿을 수 없는 재생 능력과 자기분열 능력 때문이었다. 개별 개체가 한계점까지 쪼개지면 체액이 화학적으로 변성되며 강력한 생물 폭탄이 되어 자폭을 하는데 사체고 라독이고 건질 수 있는 게 없었다. 황금을 흡수한 표피를 정제하면 분명 대량의 황금을 얻어낼 수도 있겠지만, 이러한 습성 탓에 사체를 온전히 획득한 사례가 없었다.

'저 괴수의 특징을 이용하면 적당히 이야기를 만들 수 있겠군.'

권산은 생각을 조금 더 정리한 뒤 USB를 뽑았다.

권산은 회의실에서 불사조 길드원 모두를 불러서 만났다. 대표 자격으로 김대호와 염다훈이 앞쪽 좌석에 앉았다. 염다훈은 안색이 좋지 않았으나 제법 회복했는지 거동에는 문제가 없었다.

"사정도 모르고 성급히 덤벼들어 죄송합니다."

염다훈이 먼저 사과하자 권산은 고개를 끄덕여 받아주었다.

"구금 건에 대해서는 융통성 없는 군인들을 대신하여 내가 사과하지. 또 좀 전에는 네 불주먹 공격이 워낙 맹렬해서 반격하다 보니 상처를 크게 입힌 부분도."

분위기가 좋아지자 김대호가 웃으며 끼어들었다.

"권산 헌터님도 유명하시지만 여기 염다훈 이 친구도 남부의 불주먹이라고 하면 모르는 이가 없지요. 아마 넘버원 헌터 사준혁보다 더 강할 거라고 말하는 이도 있습니다. 다훈이의 주먹을 그리 쉽게 막아낸 것은 권산 님이 처음이고요."

"꼭 기회가 되면 레이드를 같이하면서 실력을 보고 싶군요. 솔직히 양팔이 녹아버리는 줄 알았습니다."

권산과 김대호는 서로 인사치레로 면을 세워주었다. 권산이 재차 입을 열었다.

"제가 뵙자고 한 것은 이곳 지휘관의 뜻을 전해 드리기 위해서입니다. 이 기지의 위치와 존재가 외부에 알려지면 곤란한 면이 있기 때문에 불사조 길드원들에게 비밀 엄수의 협조를 구해달라고 하더군요."

"허! 대체 어떤 정부 미션이길래……."

김대호는 뭔가 입술이 바짝 마르는 느낌을 받았다. 근래 재정난이 겹친 불사조 길드이기에 돈이 될 만한 정보에 목마른 것이다.

"지휘관이 허락한 정보까지만 알려 드리겠습니다. 알려 드리는 이유는 납득할 만한 이유를 이쪽에서 제시하지 않으면 불사조 길드원들이 비밀 엄수를 해줄 거란 보장이 없기 때문이고요. 그럼 불사조 길드를 믿고 이번 정부 미션의 내용을 공개하겠습니다."

권산은 준비해 온 이야기보따리를 풀어헤쳤다. 불사조 길드원들이 이어도기지로 들어온 것은 돌발 변수였지만 잘만 이용하면 이를 호재로 만들 수도 있었다.

"통일한국 정부가 만성적인 재정난에 시달리는 건 다들 아실 테고요. 그렇다고 피폐해진 국내 산업을 단기간에 살리긴 힘들고 가난한 국민들에게 세금을 더 매길 수도 없으니 다른 방면으로 재원을 찾아왔습니다. 이른바 보물선 찾기죠."

"보물선이요?"

김대호가 되물어왔다.

"그렇습니다. 2차 세계대전 중 일본은 패망하기 직전 전후 복구 비용을 본토 외부에 은닉하기 위해 배 한 척을 띄웁니다. 바로 오오카제라는 초대형 수송선이죠. 동북아에서 약탈한 200톤이 넘는 금괴와 귀금속, 보석과 골동품이 가득 실려 있는 오오카제는 오키나와로 향했고, 그 과정에서 미 해군의 기뢰에 폭침되었다고 전해지죠. 그래서 아무도 그 배가 어디에 침몰했는지 모릅니다."

꿀꺽!

김대호와 염다훈의 침 넘어가는 소리가 권산의 귀에 들려왔다. 이 이야기에 몹시 매료된 것이다.

"그러던 중에 정부는 오키나와 인근, 즉 접근 금지 구역 내에 A급 괴수 골드웜이 서식하는 장소를 알아냅니다. 골드웜의 생태에 대해서는 좀 아시죠?"

견문이 넓은 김대호가 떨리는 음색으로 대답했다.

"금맥을 찾아다니며 황금을 먹어 치우는 초대형 벌레형 괴수가 아니오?"

"맞습니다. 한데 그 괴수의 둥지 인근은 정부가 파악한 바론 노천이든 지중이든 금맥은 전혀 없는 장소라고 하더군요. 한마디로 금맥은 없는데 금은 있다, 이런 말이 되겠죠?"

염다훈이 자신도 모르게 중얼거렸다.

"오오카제로군."

권산이 염다훈을 보며 말했다.

"확실한 건 모릅니다. 장소를 확인하고 정말 오오카제가 있는지, 또 위험한 구역이기 때문에 회수는 가능한지, 이런 것을 확인하는 게 이번 미션의 목표입니다. 웬일인지 현무 길드가 그 의뢰를 받게 되었고요."

김대호가 은근한 어조로 물어왔다.

"골드웜의 둥지는 어디에 있는 겁니까?"

권산은 고개를 가로저었다.

"거기까지는 말할 수 없습니다. 이제 충분히 궁금증을 푸셨을 테니 준비가 되시는 대로 돌아가 주십시오."

김대호의 머리가 굉장한 속도로 굴러갔다. 오오카제는 아무리 낮게 잡아도 수십 조의 가치가 있다. 아니, 사실상 돈으로 환산이 불가능할지도 모른다. 그 가치의 일부만 얻어도 불사조 길드는 남부를 석권하고 중부까지 넘볼 수 있을 터였다.

다음 날 불사조 길드는 설상차를 타고 목포 관문으로 돌아갔다. 권산이 불사조 길드원들의 표정을 살피니 다들 들뜬 듯한 표정을 감추지 못했다.

'먹혔군.'

불사조 길드는 이 정보를 그냥 넘기지 못할 것이다. 또 비밀 엄수도 실패할 것이다. 혹여나 비밀이 지켜진다면 권산은 불사조 길드의 이름을 팔아 소문을 낼 생각이다. 소문이 돌고 돌아 이 업계에 퍼져 나가면 접근 금지 구역에는 욕망에 찬 헌터들로 바글거릴 게 분명했다.

'내 부대만으로 접근 금지 구역의 괴수를 모두 상대하는 건 불가능해. 여러 길드를 끌어들여서 까다로운 괴수를 처리한다.'

우주도시 건설을 위해 A급 괴수의 사체가 필요하다는 진성그룹의 요청도 어느 정도 고려한 판단이다. 누가 사냥하든지 간에 A급 괴수의 사체가 시장에 나오면 진성그룹이 매입하면 될 일이다.

곧 봄이 온다. 동절기 동안 잠자코 있던 길드들이 다시 활동을 개시할 때 그 방향은 대평원 남쪽 Y130 구역이 될 터였다.

'미나에게 연락해야겠군.'

권산은 미나에게 영상통화를 걸고 렌즈 화면에 화상을 띄웠다.

—이게 누구실까? 한국에 진작 들어왔으면서 나한테는 이제야 전화를 거는 매정한 권산 씨.

미나는 권산의 입국에 대해 알고 있던 모양이다. 권산은 지금 막 들어왔다고 말하려다가 급히 말을 바꿨다.

"선물을 마련하느라 조금 시간이 걸렸어."

—선물이요?

"그래. 나노그 프로젝트에 쓰일 A급 괴수 사체 획득 방안."

미나는 환한 표정을 지었다.

—벌써 준비가 된 거예요? 현무 길드 힘만으로는 어렵잖아요?

"맞아. 그래서 다른 수단을 좀 썼지."

권산은 불사조 길드를 통해 헌터 업계에 보물선 소문을 퍼뜨리는 계획을 미나에게 전했다.

"진성그룹 차원에서 공식적으로 A급 괴수 사체 의뢰를 하도록 해. 보물선으로 헌터들의 시선을 모으고, 진성그룹의 의뢰 보상금으로 국내 헌터들의 발길을 Y130 구역으로 돌릴 수 있을 거야."

—오케이. 알았어요. 그 보물선 이야기, 그거 진짜예요?

"아니. 내가 지은 거야."

―와! 오빠에게 이런 재능이 다 있었네요. 알았어요. 보물선 이야기는 저도 상황을 보다가 언론에 슬쩍 흘릴게요.

권산은 미나가 알아서 잘 대응해 주니 일이 쉽게 느껴졌다.

"회사 일은 잘돼가?"

―그럼요. 지리산의 지구기지도 완공 단계예요. 한국은 예나 지금이나 공사 속도는 알아준다니까요. 게오르그 슈미트 사에게 발사체 납품일도 다 정해졌고요.

미나는 사업 수완도 제법인 모양이다.

"아 참, 총수님께 소개시키고 싶은 사람이 있는데 자리를 마련해 줄 수 있어?"

―아버지를요? 음, 물론이에요. 그래도 일 이야기라면 미리 목적은 제게 말을 해주세요.

"그래. 기대해도 좋아."

권산은 지명훈을 소개시킬 참이다. 임상 시험만 성공적으로 마무리하면 그때부터는 속도전이었다. 이재룡 총수의 도움만 얻어낼 수 있다면 J&K제약은 순식간에 정상 궤도에 오를 수 있을 것이다.

9장
A급 괴수

　날이 풀려가고 있었다. 완연한 봄 날씨는 아니지만 매서운 겨울은 확연히 지나간 느낌이다. 권산은 부대원들과 한 달가량 손발을 맞추며 대괴수전의 전술을 훈련했다.

　김요한 박사는 한 번 더 화성 신호를 잡아내는 데 성공하여 신호의 발원지를 정확히 특정하였지만, 요르문간드 대협곡의 가장 심처라 할 만한 지점인지라 500㎞나 떨어져 있었다. 쿼드 캐리어로 이동한다 해도 중간에 비행형 괴수를 만날 수 있기 때문에 당장은 탐사할 수 없었다.

　권산은 기지에서 신호 발원지까지 지도로 일직선을 긋고

차분히 중간에 둥지를 튼 괴수 목록을 보았다.

'B급 괴수는 일단 넘어가고, A급만 4종이 있군. 황제크랩, 피닉스, 오각고래, 천각지네. 일단 비행형은 피닉스 하나로군.'

일반적으로 같은 등급이라도 비행형이 더 사냥하기 까다롭다. 특히나 피닉스는 초열 깃털을 지상에 뿌려대는 특수 능력이 있다. 일본에 출현하여 대참사를 일으킨 전적이 있는 괴수이다. 다행이라면 모두 단독 생태인 점 하나였다.

"이데아, 황제크랩에 대한 정보를 모아줘."

—오케이. 공용 정보와 진성그룹 괴수 라이브러리(JML)에 접속해 볼게요.

"이 USB 자료도 저장해 둬."

권산은 이데아가 모아온 정보와 지형 정보를 토대로 첫 번째 타깃인 황제크랩 사냥 전술을 짰다. 작전실에는 강철중과 예하 5명의 육상전대 부관, 진광, 3명의 비행전대 부관이 참석했다. 이들이 777특수부대 총원 120명을 지휘하는 장교들이다.

"그동안 훈련하느라 수고했다. 몹시 위험한 작전이 될 테지만, 군 생활에서는 절대 쥘 수 없는 큰돈을 만질 수 있는 기회이니 모두 분발하도록."

"예, 대장님!"

권산은 빙긋 웃었다. 연구소장이니 소령이니 여러 직함이 있지만 편의상 대장으로 통일하도록 했다.

"첫 번째 타깃인 황제크랩은 전장 50미터, 높이 30미터에 50톤에 달하는 집게 악력을 가져서 전차도 우그러뜨릴 수 있는 무지막지한 괴수이다. 사냥당한 이력은 몇 건이 있어서 해부도가 공개되어 있지만 약점이라고 할 만한 대뇌는 갑각 깊숙이 숨어 있어서 우리가 가진 화력으로는 뚫어낼 수가 없어. 그래서 좀 고전적인 방법을 써볼까 한다."

강철중이 되물어왔다.

"고전적이라면 설마 육탄 돌격?"

"딱 네 스타일에 맞겠군."

권산의 핀잔에 지켜보던 진광이 폭소를 터뜨렸다. 강철중은 철저한 군인이다. 정말 육탄 돌격을 하라면 할 성격이기에 육상전대 부관들은 등에 식은땀이 뻘뻘 났다.

일그러진 강철중의 얼굴을 바라보다가 권산이 스크린에 황제크랩의 서식지 지도를 띄웠다.

"황제크랩은 육상 생활을 주로 하지만 조상 격이라 할 만한 크랩처럼 아가미 호흡을 하는 모양이야. 그래서 수분을 규칙적으로 흡수해야 하고 습지나 호수 인근에 살고 있지. 저 지도의 호수가 바로 황제크랩의 둥지가 있는 장소다. 절벽 깊숙한 곳에 응달진 곳에 있기 때문에 물길이 모이기 쉬운 장소지. 저 호수에서 조금만 남쪽으로 놈을 유인한 뒤 절벽 면에 설치한 폭약으로 암반을 붕괴시켜 놈을 매장시킨다. 힘이 좋은 놈이니 철저하게 바위산을 붕괴시켜 묻어야 해. 하류가 막힌 수원은 점차 물이 차오르게 될 거야. 놈의 높이인 30미터는 반나절 정도 걸릴 테고, 그 상태에서 익사시킨다."

부관 중의 일인이 물어왔다.

"대장님, 아가미 호흡을 하는 놈이면 물속에서 익사할 리가 없지 않습니까?"

권산이 고개를 끄덕였다.

"맞아. 하지만 익사하게 될 거야. 내가 물에 뭔가를 넣을 거거든. 일단 작전 개시는 24시간 뒤. 폭약 매설 및 화기 배치는 강철중 대위가 맡고, 괴수 유인 및 물자 운송은 진광 대위가 맡아. 진광 대위는 쿼드 캐리어로 나와 어디 좀 가자고. 준비물을 좀 챙겨야 하거든."

권산은 진광과 10명의 비행전대 대원만 동행하여 북쪽으로 비행했다. 수중 호흡이 가능한 황제크랩을 익사시킬 수 있는 재료를 구하러 가는 것이다.

쿼드 캐리어는 수풀이 우거진 삼림지대에 착륙했다. 대원들이 사주경계에 들어가자 권산은 삽을 한 자루 들고 나무 밑 땅을 파헤쳤다. 예상대로 '만티스의 넝쿨 뿌리'가 잔뜩 딸려 나왔다. 이 뿌리에 가득 찬 진액에는 아황산나트륨 성분이 가득했는데 이 진액이 물과 섞이면 용존산소를 날려 버리는 역할을 한다. 물속에 산소가 없는데 무슨 수로 호흡을 할까.

'중국에서 낚시꾼에게 배운 지식도 쓸모가 있군.'

한창 중국에서 수련할 때 이 식물만 있으면 아무런 낚시 도구가 없어도 물고기를 잡을 수 있었다. 아황산나트륨이 그 원인이라는 것은 나중에 알았는데 이 화학 성분은 몹시도 강력하여 소량만 물에 들어가도 효과가 즉시 나타났다.

권산은 쿼드 캐리어 가득 만티스의 넝쿨 뿌리를 캐서 실었다. 기지의 프레스를 이용하면 진액을 짜는 것 정도는 어렵지 않았다.

이어도기지에는 최소한의 인원만 남기고 100명의 대원이 황제크랩 사냥 작전에 참여했다.

"배치는 끝났습니다, 대장."

강철중이 내민 전술 지도에는 괴수를 유인해서 고립시키는 지점, 앞뒤로 길목을 차단하는 지점, 암반을 붕괴시키는 지점이 모두 표시되어 있었다. 권산이 절벽의 끝에 서서 아래를 보니 못해도 80미터는 확실히 넘어 보였다. 이쪽 사면과 반대쪽 사면을 모두 폭약으로 붕괴시키면 황제크랩은 죽지는 않더라도 옴짝달싹 못 할 것이 분명했다.

"뒤쪽 길목에 폭약을 좀 더 쓰도록 해. 길목뿐만이 아니라 최소한 30미터 높이로 물을 담는 둑이 되어줘야 하니까."

강철중이 대원들과 사라지자 권산은 진광을 불렀다.

"만약 붕괴가 어설프게 되거나 황제크랩이 예상보다 강해서 바위를 뚫고 나오면 즉시 퇴각해야 돼. 상황 발생 시 무전기 공통 채널에 퇴각 신호를 전파하도록."

"크하하! 네, 대장. 나야 도망가는 게 질색이지만 명령이라면야……."

권산은 일단 사냥에 돌입하면 부대원들을 챙기지 못한다. 일선에 나서서 괴수를 사냥해야 하기 때문이다. 오늘도 작전이 어그러져 직접 나서게 될 수도 있으니 미리 상황에 따른 명령을 내려놓는 것이다.

"자, 작전 개시하지. 모두 쿼드 캐리어에 탑승해."

100명의 인원은 5대의 쿼드 캐리어에 나누어 탑승했다. 부대원들의 안전을 최대한 지키기 위한 조치이다. 권산과 진광이 탑승한 1호기가 먼저 황제크랩의 둥지로 날아갔다. 황제크랩의 거대한 동체가 눈에 들어오자 쿼드 캐리어의 기관총과 유탄, 로켓포를 무지막지하게 쏟아부었다.

두다다다!

쿠콰쾅!

초합금 저리 가라 하는 강도의 갑각을 이 정도의 화기로 뚫어낼 수 있을 리 없었다. 그저 주의를 끄는 정도에 불과했다.

끼릭끼릭!

황제크랩은 괴상한 소리를 내며 10개의 다리를 번개처럼 움직여 1호기로 달려들었다.

"자! 빠집니다!"

쿼드 캐리어가 저공비행으로 반전하여 함정 지점까지 전속력으로 비행했다. 황제크랩은 얼핏 둔중해 보였으나 워낙에 거대한 몸집을 가졌는지라 결과적으로 큰 보폭으로 접근해 왔다.

"햐~ 저놈 진짜 빠른데요, 대장님."

진광이 감탄사를 내비치며 이마의 땀을 훔쳤다. 마침내 목적지에 도달하자 1호기는 전속력으로 수직 상승 했다. 황제크랩이 포효를 터뜨리며 함정에 몸을 밀어 넣자 2호기에 대기 중이던 강철중이 원격으로 폭약을 터뜨렸다.

쿠콰콰쾅!

천지가 개벽하는 엄청난 소음 속에 절벽 면이 붕괴하며 황제크랩을 덮쳤다. 토석이 쏟아져 봐야 황제크랩에게 상처를 입힐 수 없겠지만 토석은 계속해서 끝도 없이 무너졌다. 다리가 묻히고 몸통, 마침내 집게발까지 묻히자 그 위로 수백 톤의 하중을 가진 바위들이 계속 쌓여 올라갔다.

"성공이다!"

대원들이 환호를 지르며 멀찍이 쿼드 캐리어를 착륙시켰다.

끼릭끼릭!

암저에서 들려오는 황제크랩의 괴성에 온 절벽이 울려대었다. 권산은 1호기의 옆에서 대원들이 고정식 자동화기를 설치하는 것을 지켜보았다. 혹시나 황제크랩이 저 암반을 밀어내고 튀어나오면 적으로 인식해서 자동으로 발사되는 무기였다. 어차피 대원들이 가진 화기로는 놈을 제압하지 못하기 때문에 시간 벌이용으로 설치하는 것이다.

권산은 넥이어 형태의 무전기에 대고 지령을 내렸다.

"4호기, 5호기는 다른 괴수가 접근하는지 주변을 경계하라!"

―예써!

쿼드 캐리어에 선탑한 장교들이 대표로 회신했다.

황제크랩의 괴성은 지속되었고, 상류에서 흘러온 물은 계속 차올라 드디어 30미터를 넘어섰다. 권산은 1호기를 띄워 만티스의 넝쿨 뿌리 진액이 담긴 드럼을 차오르는 물에 밀어 넣었다.

"강철중 대위, 응답하라."

―옛, 대장님!

"작전 2단계야. 상류 쪽 물길을 돌려."

이미 황제크랩은 충분히 물에 잠겼다. 공연히 물을 더 부어 놈에게 산소를 공급해 줄 이유가 없었다. 강철중은 상류 쪽 암반을 추가로 폭파해 다른 협곡 방향으로 물길을 돌렸다. 진액이 녹아들자 물은 녹색으로 물들었다.

황제크랩의 움직임이 줄어드는 게 확연하게 느껴졌다. 땅의 진동이 줄어들고 마침내 괴성도 사라지자 권산은 작전 종료를 선언했다.

─대장님, 머리만 써서 A급 괴수를 잡다니 사냥 참 편한데요. 이거 금방 떼 부자 되겠습니다. 크하하!

"진광, 이번에는 운이 좋았다. 남쪽 둑을 폭파해서 물을 빼. 사체를 챙기자."

암반을 치우는 데 역시 폭탄을 사용했다. 어차피 황제크랩의 각피는 이 정도에 부서지지 않는다. 이렇게 거대한 놈을 분해하는 것도 일이었다. 일단 기지까지는 사체를 분해해서 운반해 둬야 박돈학이 수송대를 보낼 수 있었다.

해가 지기 전에 암반을 완벽하게 걷어내지 못해 일단 기지로 복귀했고, 며칠 동안 권산의 검기와 산소 절단기까지 동원해서 겨우 황제크랩을 분해해 기지로 옮길 수 있었다.

"박돈학 중장, 나 권산이오."

─자네가 연락한 걸 보니 좋은 소식이 있군.

권산은 박돈학의 목소리를 들으니 구역질이 치미는 것을 느꼈다. 통화를 길게 끌고 싶지 않았다. 살심이 치미는 것을 간신히 안내했다. 과거 무던히 자신을 이용해 먹던 박돈학이기에 쌓인 원한이 많았다.

"황제크랩이라는 A급 괴수를 사냥했소. 사체가 워낙 커서 쿼드 캐리어 20대분은 보내야 할 거요."

─역시 권산 소령이야. 내가 자네 실력은 잘 알지. 사체를 처분하는 대로 자네 몫 3할을 입금하지. 부대원들 몫 2할은 내가 각자에게 입금시키고.

권산은 살짝 인상을 찡그렸다. 계약 조건이 맞긴 했으나 박돈학이 직접 대원들에게 입금한다면 중간에 장난을 칠 것이 뻔했다.

"그럴 필요 없소. 내게 5할을 입금하면 내가 나눠주겠소. 아 참, 박 중장님은 중국 쪽 암시장에 매각할 테지만 어차피 이 바닥은 좁고 소문은 다 돌게 마련이오. 같은 시기에 A급 괴수 황제크랩의 사체가 또 등장할 확률은 없겠지. 부디 매각 대금을 속이는 일은 안 하길 바라오. 밤에 내 얼굴을 보고 싶지 않으시다면."

─크흐흐, 물론이지. 권 소령이 생각하는 것보다 나도 신용 있는 군인일세. 그럼 곧 수송대를 보내지.

권산의 말은 단순한 엄포가 아니었다. 적당한 시기를 봐서 등자룡에게 부탁하면 그의 가문인 항주등가에서 속속들이 암시장의 거래 내용을 파헤쳐 줄 것이다. 권산이 아는 항주등가는 남방의 거부로 괴수 산업과도 밀접한 가문이다.

권산이 막 통화를 마치자 미나에게서 영상통화가 걸려왔다.

—오빠, 그 소식 들었어요?

"무슨 소식인데?"

—오빠가 만들어낸 오오카제 보물선 이야기 말이에요. 지금 얼마나 그 소식이 핫한 줄 알아요? 내가 언론에 흘릴 필요도 없다니까요.

불사조 길드는 예상대로 입단속을 제대로 못한 모양이다. 하기야 그렇게 많은 길드원에게 정보를 흘렸으니 한 사람만 돌아서도 소문은 기하급수적으로 퍼지게 마련이다.

"불사조 길드에게 항의해야겠는걸. 지금이 좋은 타이밍인데 진성그룹에서는 공개적으로 A급 괴수 사체 의뢰를 했어?"

—물론이에요. 아버지에게도 오오카제 이야기를 하니 박장대소하시던데요. 진성그룹에서 A급 괴수 사체 의뢰를 대거 올리니 여러 길드에서 관심을 보였어요. 그러던 차에 오오카제 소식이 남부에서부터 퍼져 매스컴을 탔고, 지금은 헌터 업계 전체가 들썩이는 상황이에요. A급 괴수가 가장 많고 오오카제가 있다는 Y130 구역에 이목이 집중되었죠. 이지스 길드는 이미 원정대를 꾸리고 있다는 소식도 들리더라고요. 아무리 법으로 막아놔도 헌터는 돈 따라서 움직이는 존재니까요.

상황은 긍정적이었다. 누가 먼저 총대를 메느냐의 문제였

다. 누군가 나서기만 하면 뒤처지지 않기 위해서라도 통일한
국의 내로라하는 길드들이 뛰어들 터였다.

"잘되었군. 어찌 되었든 A급 괴수의 다양한 사체 샘플을 구
할수록 미나에게 도움이 되잖아."

—호호, 그럼요. 정확히는 우리 회사지만. 하여간 오빠의 도
움이 컸어요. 그룹 전략 기획실에서 나온 정보로는 정부와 군
부에서도 그 정보에 관심을 가진 모양이에요. 정부는 헛소문
의 중심에 자신들이 엮여들어 갔기 때문에 관심을 둔 모양이
지만, 필사적으로 정보의 진위 파악을 하고 있다더라고요. 정
말 오오카제가 존재라도 하는 날에는 엄청난 부를 거머쥘 수
있으니까요. 혹시나 소문의 진원지를 정부가 파악하면 결국
오빠까지 미칠 수도 있으니 여하튼 조심해요.

중요한 정보였다. 잘만 이용하면 박돈학을 엮어 넣을 죄목
을 만들 때 활용할 수 있는 정보였다.

"지금 내가 A급 괴수 하나를 사냥했는데 사체 부위별로 샘
플을 줄게. 시간에 맞춰서 목포로 사람을 보내줘."

—목포요? 오빠 그쪽에 있어요?

"정확히는 더 남쪽이야. 나중에 자세히 말해줄게."

권산은 통화를 끊고 지명훈에게 전화를 걸어 A급 괴수 '황
제크랩'의 라독을 얻었으니 포터블 냉동기를 가지고 목포로
와달라고 요청했다. 이미 인공 해독제의 게놈 지도는 완성되

었다고 하지만, 더 많은 시료로 연구한다면 효과 개선을 시킬 수도 있을 터였다.

'아무래도 김대호를 단속해 둬야겠군.'

권산은 김대호에게 전화를 걸고 정중히 항의했다. 불사조 길드를 믿고 정보를 줬는데 이렇게 소문을 내서 정부 미션에 차질을 주면 어떻게 하느냐는 것이 주 내용이었다.

김대호는 목소리만으로도 허리가 땅에 닿을 듯 거듭 사과를 했고, 함부로 입을 놀린 길드원에게 길드 차원의 처벌을 주겠다고 사과했다.

사실 길드 탈퇴와 가입이 자유로운 헌터 입장에서 길드 차원의 처벌이라는 것이 얼마나 실효성이 있을까 싶지만 김대호도 이미 퍼진 소문에는 방법이 없는 것이다.

"혹시나 이번 정부 미션이 실패하면 어디서부터 정보가 유출되었는지 정부에서 조사하게 될 테고, 불사조 길드에 불똥이 튈까 우려스럽군요. 아무래도 소문을 낸 길드원을 당분간 중국이나 일본에 보내는 것이 어떨까 싶습니다."

김대호는 벼락처럼 떨며 그렇게 하겠다고 약속했다. 권산은 다음 기회에 레이드를 같이하자며 인사치레를 하고 전화를 끊었다.

이 주일 만에 권산의 계좌로 300억 원이 입금되었다. 즉 황제크랩의 사체와 라독은 암시장에서 총 600억 원에 낙찰되었다는 뜻이다. 사체의 부피만큼이나 어마어마한 가치였다. 권산은 이데아에 대원들의 계좌를 모두 입력시켜 놓았고, 자신의 몫 180억을 남기고 일시에 부대원들의 몫으로 120억을 입금시켰다. 인당 1억 원가량이 돌아간 것이다.

군인의 박봉에 비추어보자면 3년을 모아도 힘든 거액을 한 번의 사냥으로 벌어들인 것이다. 강철중과 진광은 물론 대원들의 사기가 끓어올랐다.

"역시 우리 부대가 짱이야."

"어머니, 제가 이렇게 큰돈을 벌었어요."

"빨리 사냥 나가자고."

"자, 본토에 나가면 내가 한잔 사지."

황제크랩은 계산된 전술의 승리로 매번 이렇게 쉬운 사냥이 있을 수는 없을 테지만, 권산은 대원들이 들뜬 기분을 내버려 두었다. 급조된 느낌이 강한 부대인지라 어떤 방식으로든 결속이 필요했기 때문이다.

이어도의 레이더에 헌터들로 보이는 벌쳐 떼가 곳곳에 나타났다가 사라지길 반복했다. 접근 금지 구역을 정찰하는 무리가 나타나기 시작한 것이다.

'음, 아무래도 헌터들과 사냥 동선이 겹치겠는데.'

권산은 수를 내었다. 저 정찰대가 원하는 건 결국 골드웜의 둥지 위치였다. 골드웜이 있는 위치야말로 오오카제가 있을 것이라 추정할 수 있기 때문이다.

'미즈하라의 지도에 골드웜 서식지를 내 사냥 동선에서 먼 쪽으로 변경해서 정보를 흘려야겠어.'

권산은 미나에게 조작된 정보 지도를 보냈다. 자연스럽게 언론에 흘려달라는 전언과 함께였다.

다음 날부터 확연하게 정찰하는 벌쳐들이 사라졌다. 권산이 남쪽으로 향한다면 조작된 지도를 본 다른 헌터들은 북동쪽으로 향하게 될 터였다. 최대한 많은 A급 괴수 둥지를 향하게 되는 만큼 많은 괴수들을 사냥하게 될 터였다.

"다음 목표는 오각고래로군."

오각고래는 전장 70미터에 높이 35미터의 엄청난 몸집을 가진 괴수였다. 이마에 솟은 5개의 뿔은 각피가 성장한 것이 아니라 내분비샘이 외부로 돌출된 것으로 3개의 뿔에서는 하이드로퀴논(hydroquinone), 2개의 뿔에서는 과산화수소가 분출된다. 두 성분이 결합하면 화학반응을 통해 폭탄과 같은 물질이 되는데 이 때문에 어설프게 접근했다가는 쿼드 캐리어가 모두 폭탄 가스에 격추되는 불상사가 일어날 수 있었다.

'이건 군의 장비와 대원들만으로는 처리하기 어려워. 다만 오각고래의 피부는 놈의 공격력에 비하면 유탄으로도 찢어질 만큼 연약해. 역시 문제는 뿔이야. 뿔만 제거할 수 있다면 사냥 자체는 쉽다. 역시 이건 동료들이 필요하군.'

권산은 강철중에게 오각고래 사냥에 적합한 전술적인 기동 훈련을 지시하고 진광과 함께 쿼드 캐리어에 올랐다.

"강철중, 다음 사냥은 헌터들과 함께할 거야. 본토로 가서 좀 데려올게. 훈련하고 있도록."

"예써. 오실 때 꼭 치킨 사오시고요."

권산은 목포에 도착해서 서울행 기차에 몸을 싣고 먼저 지명훈에게 전화했다.

—여, 보내준 황제크랩의 라독은 잘 받았네. 확실히 A급 괴수라서 그런지 유전 물질 구조도 더 복잡하고 정밀하더군. 도움이 될 것 같아.

"도움이 된다니 다행이군. 혹시 박철순 형님의 딸 치료를 하고 있어?"

지명훈이 잠시 뜸을 들이더니 다시 음성이 들려왔다.

—물론이야. 오늘 아침까지 3차 투약을 마쳤네. 방금 자네 메일로 경과 보고서를 보냈으니 한번 보게.

권산은 렌즈 화면을 조작해서 메일 자료를 띄웠다. 투약 시점부터 박새롬 양의 바이오 지표와 체내 방사능 수치의 변화였다. 간단하게 요약되어 있어 일반인인 권산이 보기에도 확연하게 증세가 호전되는 것이 보였다.

"놀랍군. 나아지고 있는 속도가 몹시 빠른 것 같은데?"

—맞네. 방사능 병 증세가 심해서 약효를 강하게 만들긴 했지만 기대 이상이야. 정제된 라독으로 만드는 특수 해독제에 비해 10배의 효능이 있는 것 같아. 아마 3차 투약을 끝으로 새롬 양은 약효가 떨어지는 일반적인 해독제를 먹어도 될 것 같아. 그 정도면 우리 모두가 복용하는 정도이니 지금 세상에는 정상이라고 봐야지.

인공 해독제 제조는 성공이었다.

"지명훈, 네가 해낼 줄 알았어."

—어디 나 혼자 한 일인가. 수고했네, 권산.

"그럼 예정대로 제약 회사 인수를 진행하지. 인수 자금 50억 원을 보낼 테니 일을 진행해 주게."

—그래.

권산은 전화를 끊고 자금을 지명훈에게 이체한 뒤 미나에게 연락했다. 이재룡 총수에게 지명훈을 소개하는 자리를 만들어달라고 했고, 그가 어떤 사람인지 미나가 궁금해했지만 진성그룹에게도 좋은 일이 될 것이라고 하며 자연스레 넘겼다. 장소는 청담동 넥타르였다.

*　　　*　　　*

"오랜만일세, 권산."

오랜만에 만난 이재룡 총수는 여전히 강렬한 눈빛을 가지고 있었다.

"반갑습니다, 총수님. 여기 이 친구가 지명훈입니다."

"안녕하십니까. 지명훈이라고 합니다."

미나를 포함하여 4인은 메뉴를 주문하고 그동안에 있던 일에 대해 한담을 나누었다.

"권산 자네 덕에 미나가 게오르그사와 원활하게 계약을 할 수 있었다고 들었네. 이거 우리가 빚을 지게 되었으니 꼭 원하는 게 있으면 말해보게. 뭐, 미나를 달라고 해도 되고 말이야. 하하하!"

"아빠 혼자서 막 결정하시는 거예요?"

미나가 이재룡의 팔을 꼬집으며 눈을 흘겼다. 그래도 싫다는 이야기는 없었다.

권산은 싱긋 웃으며 준비해 온 서류철을 내밀었다. 지명훈이 작성한 인공 해독제 사업에 대한 제안서였다. 이재룡은 가볍게 서류를 보더니 이내 동공이 흔들리며 수십 장의 서류를 서둘러서 속독했다.

"이거 진짜인가? 임상까지 성공했다고?"

권산이 지명훈을 바라보자 지명훈이 나서며 말했다.

"물론입니다. 준비 과정에 나와 있는 대로 여러 괴수의 라독을 분석해서 인공 방사능 해독제를 합성해 내었고, 오히려 기존의 라독 해독제보다 효능이 우수한 것으로 판명되었습니다. 원가 경쟁력은 비교 불가이고요."

"놀랍군. 이걸 해내다니. 사실 우리 진성그룹의 연구원들이 이 아이디어를 시도하지 않은 것은 아니야. 이게 말은 쉽지만 괴수의 DNA라는 게 워낙 단기간에 진화된 생물인 탓에 몹시 불안정해. 추출부터 거부 반응을 일으켜서 불가능하다고 판명되어 프로젝트가 좌초되었지. 그런데 자네가 홀로 해내었군."

지명훈이 고개를 가로저었다.

"기술적인 것은 제가 했지만 나머지는 모두 권산의 도움이 있었습니다. 총수님이 이 신약에 관심이 있으시다면 제가 사업 제안을 드려도 되겠습니까?"

"말해보게."

지명훈은 J&K제약을 설립하여 이 해독제를 양산하고, 진성그룹이 중간 유통을 해서 내수 및 수출을 해주기 바란다는 뜻을 이야기했다. 해독제의 고객은 전 세계 모든 인류가 되느니만큼 약간의 중간 마진만 발생해도 천문학적인 금액이다. 진성그룹이 마다할 이유가 없었다.

"우리에게 몹시 유리한 조건이군. 시간이야 걸리겠지만

J&K제약이 직접 유통까지 하는 게 수익 면에서는 더 낫지 않나? 어째서 유통만 진성에 떼어주는 건가?"

이번에는 권산이 나섰다.

"총수님, 이 약의 존재가 현재의 괴수 산업체 전반과 라독 독점으로 인해 막대한 수입을 얻고 있는 정부에게 어떤 의미로 다가올지 쉽게 짐작할 수 있지 않습니까? J&K제약 스스로가 신약 등록과 법령 정비를 위한 정부 로비, 수출을 위한 타국 정부와 무역 협상을 한다는 건 불가능합니다. 그래서 이 약의 존재는 지금까지 극비로 진행했고, 일정 부분 커미션을 떼더라도 진성그룹의 유통망을 빌리고자 하는 것입니다."

이재룡의 눈이 강렬하게 빛났다.

사실 모르고 질문한 것은 아니었다. 아무리 중간 마진이 탐이 난다지만 진성그룹 입장에서도 큰 리스크를 짊어져야 하는 일임에는 분명했다.

'하지만… 이미 성공 가능성이 열린 해독제이니 머지않은 미래에 누군가는 또 만들 가능성이 있다. 파도가 치는 걸 피할 수 없다면 첫 번째 파랑에 올라서는 게 유리하다.'

이재룡이 와인 잔을 들며 건배를 제안했다.

"자, 동업을 축하하지, 지명훈 사장!"

미나는 권산을 지그시 바라보았다. 권산은 신경 쓰고 있지 않겠지만 지금 이재룡에게 큰 점수를 땄다. 이재룡에게는 딸만 셋이다. 두 언니는 이미 유수의 재벌과 교류 중이며 진성그룹 내에서 상당한 중책을 맡고 있었다.

이재룡은 이미 자신과 권산의 사이를 알고 있는 눈치이고, 따라서 권산이 어떻게 행동하느냐는 자신의 평가와 직결되는 부분이다.

'사업 능력을 기대한 건 아니었는데… 여러 가지로 능력 있는 사람이라니까.'

넥타르의 식사가 모두 끝나고 권산과 미나는 강남의 밤거리를 거닐었다. 치안이 안정된 전국에 몇 안 되는 구역이다. 권산이 있는 이상 치안 유무와는 상관이 없겠지만.

"오빠, 정말 오랜만의 데이트네요. 그렇죠?"

"그래, 독일 출장 다음부터 정말 바빴지. 서로."

"난 정말로 궁금한 게 있어요."

"응?"

권산은 잠시 걸음을 멈추고 미나의 눈을 지그시 보았다. 미나 역시 권산을 응시했다.

"오빤 무얼 위해 살아가요?"

"살아가는 이유라… 뭐 꿈이나 삶의 목적 같은 거 말이야?"

"그래요. 오빠는 내가 아는 가장 강력한 헌터이고, J&K제약을 통해 앞으로 엄청난 부자가 될 거예요. 남들처럼 돈을 위해 헌터 일을 한다면 이제 은퇴할 때가 아닌가요?"

권산은 쓴웃음을 지었다.

"그렇게 볼 수도 있겠군. 그러나 내 목적은 돈이 아니야. 돈은 내 목적을 이루는 필요 요소일 뿐이지. 나는 이 지구상에 괴수라는 종을 완전히 박멸시키고 싶어. 핵전쟁 이전의 지구처럼 말이야."

미나의 눈빛도 진지해졌다.

"누군들 그러기 싫겠어요. 하지만 지금의 인류는 괴수가 필요해요. 라독과 사체가 없으면 지금 수준의 문명도 유지할 수 없으니까요. 해독제, 산업재, 식량 모두 괴수의 사체로부터 유지된다고요."

"지금 상태로는 그것도 오래가지 못할 거야. 괴수의 영역과 개체 수는 점점 늘어나고 인간의 거주지는 장벽 안에 숨고 있어. 지금 지구의 주인은 인간이라고 감히 말할 수가 없지. 우리는 어쩌면 괴수의 먹이로 사육당하다가 멸망을 향해 가고 있는지도 모르지. 우리는 자생력을 잃어가고 있어. 그래서 인공 해독제를 만든 거야. 그게 괴수와의 공생 관계를 끊는 첫 번째 열쇠니까."

미나는 잠시 땅을 보며 생각을 가다듬었다. 권산의 말에는 일리가 있었다. 일단 방사능 해독제 문제만이라도 해결되면 괴수가 멸종한다 해서 큰일이 나는 건 아니다. 오랜 시간이 걸리겠지만, 지구의 방사능 수치가 내려가면 청정 지역 외의 구역에서 각종 곡물 재배와 가축 사육도 다시 시작할 수 있었다.

머지않은 미래에 나노그 우주 도시에서도 가능한 일이다.

"터무니없는 일이지만 오빠라면 왠지 해낼 것 같은 예감이 들어요. 그렇지만 혼자서는 힘들어요. 정말 해내고 싶다면 오빠에게는 동료가 필요할 거예요. 제대로 된 동료 말이에요."

10장
모여드는 헌터들

"다들 잘 있었어?"

"사형!"

"아저씨!"

홍련과 한별이 아지트 현관에서 권산을 맞았다.

한별에게는 아버지의 안부를 전하고 홍련을 보곤 한국어로
말했다.

"사매는 수련 빼먹지 않고 잘하고 있었지?"

"물론이죠, 사형. 나를 뭐로 보고요."

홍련이 제법 능숙하게 한국어로 답변했다. 그새 꽤나 공부

를 한 모양이다.

"자, 들어가자."

짐을 내려놓고 권산은 홍련과 지하의 수련장으로 내려갔다. 자신을 따라 한국까지 따라온 사매를 제대로 챙기지 못해 마음이 불편해서였다.

"너도 권법의 형을 쪼개서 응용하는 단계에 들어간 것 같으니 내가 펼치는 변식에 대해 임기응변으로 맞서거라."

권산은 외공만으로 용살권법을 자유자재로 변용하여 기기묘묘한 투로로 공격했다.

홍련은 연환식의 순서를 뒤죽박죽 섞으며 권산으로서도 처음 보는 몸놀림으로 차분히 대응해 왔다.

"어제저녁에 일사형에게 연락이 왔어요. 드디어 암천비원 일을 도모했다고 해요."

권산은 권초의 속도를 줄였다.

"사부님 소식은?"

"없어요. 아무것도 모르는 경비 병력이 있을 뿐 암천비원은 껍데기만 남아 있었다고 하더라고요. 지하에 있던 수백 구의 이모탈 강시도 남아 있지 않고, 지상 전각 역시 텅텅 빈 건물만 있었다고 해요."

"놈들이 암천비원을 포기하고 꼬리를 잘랐군."

"네. 이제 사부님의 종적을 찾을 단서가 없어요. 대사형과 이사형은 황해 해적의 본거지로 돌아갔고, 삼사형은 북경에 남았어요. 사마가에 첩자를 들여보낼 계획이라고 해요."

사부님이 납치된 지 몇 달이 지났다. 상황이 점점 안 좋아지는 느낌이다.

"한미향의 종적은?"

"그것도 알 길이 없어요."

둘은 아무런 말도 없이 수십 합을 더 교환했다.

조금씩 내공을 끌어 올려 본격적으로 공방을 나누자 공기가 터져 나가는 소리가 수련장을 가득 메웠다.

권산은 교묘하게 권식을 사용해 홍련의 수준인 7성 단계에서 연공해야 할 투로와 조심해야 할 움직임을 그녀 스스로 깨달을 수 있도록 유도했다.

초식의 변용에 따라 혈도에 흐르는 내공이 어느 정도의 정순함과 압력으로 운용되어야만 가장 자연스러운 수발이 될 수 있는지 체득시키는 것이다.

홍련은 점차 무아지경에 빠져들었고, 그렇게 대련은 세 시간을 더 이어갔다.

대련을 마친 홍련이 수련장에 좌정하고 운기조식에 빠져들자 권산은 가만히 마주 앉아 호법을 섰다.

'단 한 번의 수련에 깨달음이 왔구나. 사매의 공부가 실로 깊어지겠어.'

30분 뒤 홍련이 눈을 뜨고 빙긋 미소 지었다.

"8성에 도달했어요, 사형."

"성취를 축하한다, 사매."

다음 날, 권산은 아지트로 사람들을 초대했다. 동절기 동안 얼굴을 보지 못한 현무 길드의 가까운 사람들이다.

가장 먼저 박철순이 왔고, 현무 알파의 6인인 서의지, 백민주, 봉진기, 장규철, 전명희, 홍은기가 왔다. 마지막으로 차슬아와 민지혜가 도착했다.

특히 가장 먼저 온 박철순은 어깨까지 들썩이며 울먹였다.

"권산, 새롬이가 많이 회복했다. 다 네 덕분이야. 그런데 왜 이렇게 연락이 안 돼?"

"통신이 좀 안 되는 곳에 있었어요."

이어도기지는 권산이 먼저 중계기와 연결하지 않는 한 외부 신호가 들어오지 않는 구조였다.

권산이 통신을 연결하지 않은 사이에 박철순이 전화를 한 모양이다.

박철순은 몇 번이고 허리를 숙이며 권산에게 고마움을 표했고, 권산은 몇 번이나 겸양을 하고서야 그를 진정시킬 수 있었다.

한별은 아지트의 1층 거실에 크게 테이블을 펴고 요리를 내왔다.

한별과 홍련이 함께 식재료를 사서 오전 내내 만든 요리였다.

"오랜만에 만났는데 다들 잘 지냈어?"

서의지가 쾌활한 어조로 먼저 대답했다.

"레이드를 안 하니 좀이 쑤셔 혼났습니다, 대장. 그런데 이분은 누구신지……"

서의지가 홍련을 바라보았다. 아지트에는 종종 와본 적이 있어서 한별은 잘 알지만 홍련은 처음 만난 것이다.

"나와 같은 사문에 적을 둔 홍련이라고 한다. 내게는 사매가 되는데 그냥 여동생 정도로 생각하면 돼."

맛있는 요리를 몇 점 집어먹자 분위기가 달아올랐다.

아무래도 새 얼굴이 반가운지 남자 헌터들이 주로 홍련에게 관심을 보였다.

홍련도 간단한 것은 한국어로 답하고 어려운 질문은 통역기를 통해 즐겁게 대화를 이어갔다.

특히나 홍련이 만든 중국요리는 한국에서는 진귀한 음식인지라 가장 인기가 있었다.

권산은 평소에 수다스럽기로 유명한 차슬아가 의외로 잠잠히 있자 의아하여 바라보았다.

차슬아뿐만 아니라 민지혜의 표정도 그다지 밝아 보이지

않는 것이 뭔가 이상했다.

"차슬아 마스터, 무슨 일이 있소?"

차슬아가 권산에게만 들릴 정도로 낮게 말했다.

"음, 무슨 일이 있기는 있어요. 조금 이따가 말씀드릴게요."

권산은 궁금했으나 모두를 초대한 목적을 먼저 밝혀야 했기 때문에 잠시 마음을 접어두었다.

"잠시 내가 밝히고 싶은 게 있어. 중요한 이야기이니 모두 들어줬으면 좋겠다."

좌중의 시선이 집중되자 권산이 다시 입을 열었다.

"며칠 내로 현무 알파 파티원들과 Y130 구역에 레이드를 갈까 해. 주 타깃은 A급 괴수가 되겠지."

가장 놀란 건 차슬아였다. 현무 길드의 모든 헌터를 끌어모아서 레이드를 간다 해도 A급 괴수 한 마리를 잡을까 말까 하다.

그런데 지금 권산은 현무 알파와 가겠다고 한다. 불가능한 일이었다.

"권산 헌터님, 설마 요즘 풍문에 떠도는 보물선을 노리는 건가요? 절대 안 돼요. 거긴 너무 위험해요. 일단 불법이기도 하고요."

권산은 고개를 저었다.

"오오카제 보물선을 노리는 건 아니야. 그 이야기는 거짓말이니까."

"예?"

권산은 좌중에게 최초로 소문을 낸 불사조 길드에 그 정보를 제공한 게 바로 자신임을 밝혔다.

요즘 온통 매스컴에서 떠들어대고 있는 가장 뜨거운 뉴스가 권산이 만들어낸 헛소문이라는데 모두는 놀라지 않을 수 없었다.

"그래도 우리 인원으로 가능한 이야기가 아니잖아요, 권산 오빠."

백민주가 차분히 말했다.

"그래. 그래서 내 비밀 하나를 말해야 할 것 같군. 나는 헌터가 되기 전에 군부 쪽 일을 했어. 그 덕에 그쪽에 끈이 있지. 나는 겨울 동안 이미 이어도에 군사기지를 만들고 백여 명의 부대원을 지휘하고 있어. 훈련이 잘된 병사들이고 장비도 충분하지만, 괴수는 일반인이 완전히 상대하기엔 가성비가 좋지 않아. 소수의 헌터 파티와 조합하면 서로 백업이 가능하다고 생각해."

"맙소사! 진짜예요?"

권산은 최대한 간략하게 군부의 장군 한 명과 계약을 했고, 이미 A급 괴수 하나를 사냥했다는 사실을 밝혔다.

군부의 괴수 사냥은 오직 민간 길드만이 가능하도록 정하고 있는 법을 무시하는 행위였으나 여기 그런 것을 따질 만한 이는 없었다.

가장 먼저 백민주가 손을 들었다.

"난 할래요. 내 이능력은 치유예요. 병사들도 치료할 수 있으니 쓸모가 있겠죠. A급 괴수를 사냥하면 그 부산물 수익이 막대할 게 뻔하잖아요. 저는 이번 레이드로 은퇴까지 노려볼 게요."

전명희도 손을 들었다.

"저 역시 마찬가지에요. 이미 국내에 난다 긴다 하는 헌터들이 보물선을 찾으러 남쪽으로 몰려가고 있다는 건 공공연한 사실이에요. 그렇게 많은 헌터들이 가는데 우리가 소수라고 해서 꼭 위험하다는 법은 없어요."

그렇게 찬성하는 분위기가 무르익었다. 그동안 권산이 보여준 리더십이 한몫했음은 물론이다.

"음, 아, 아무래도 저는 빠지는 게 낫겠어요. 제 이능력인 기절 유도는 A급 괴수에게는 통하지 않을… 거예요. 역할도 없는데 파티에 있을 수는 없어요."

홍은기가 마른 몸을 떨며 겨우겨우 말해왔다.

그는 상급 헌터이긴 했으나 B급 괴수 정도의 정신력을 가진 괴수에게도 기절 유도에 대한 성공률이 그리 높지 않았다.

별다른 육체적인 전투 능력도 강하지 않으니 확실히 그에게는 위험한 일이었다.

이번에는 봉진기가 말했다.

"저도 마찬가지로 빠지는 게 나을 것 같습니다. 결계 생성 이능은 어느 정도 괴수의 크기가 작아야 효과가 있어요. A급 괴수는 하나같이 크기가 무지막지하니 제 이능력은 쓸모가 없을 것 같아요."

권산은 잠시 고민했다. 홍은기는 몰라도 봉진기의 이능력은 아주 쓸모가 없지는 않았다.

주변에 접근하는 B급 이하 괴수를 견제한다든가 하는 일은 가능했다.

하지만 A급 괴수에게 직접적으로 효능을 보기 힘든 것은 사실이었다.

권산이 박철순을 바라보며 말했다.

"박철순 형님이 현무 베타에 이들을 받아주실 수 있겠습니까?"

"물론이지. 이 두 분이 오면 전력이 월등히 높아지니 B급 위주로 사냥을 해볼 생각이네."

현무 알파가 총 일곱 명에서 두 명이 나가고 홍련이 들어와서 여섯 명으로 재조정되었다.

그때 차슬아가 신중한 어조로 물어왔다.

"Y130 구역에서 사냥에 성공한다 해도 그곳은 좌표 운송이 불가능해요. 불법을 감수하고 그걸 해줄 수 있는 업체를 구할 수도 없고요. 무슨 수로 사체를 옮기죠?"

"이어도기지에는 다섯 대의 쿼드 캐리어가 있고, 그걸 이용해서 Y130 구역과 가장 인접한 Y129 구역의 경계점까지 사체를 옮길 거요. 한 끗 차이긴 하지만 그곳은 접근 금지 구역은 아니니까 불법은 아니지. 그러면 업체를 구할 수 있을 것 같은데?"

말이야 바른말이었다.

그렇다면 불가능하진 않았다.

차슬아는 잠시 고민에 빠졌으나 더 이상 자신이 이래라저래라 할 상황이 아님을 알고 있었다.

헌터들의 자유의지가 가장 중요하니까.

뭔가 잔뜩 흥분한 헌터들이 모두 돌아가고 차슬아와 민지혜만 남자 차슬아가 조심스레 입을 열었다.

"일전에 민 실장에게 스토커가 붙었다고 말한 적 있죠?"

권산이 굳은 안색으로 고개를 끄덕였다.

"상황이 더 심각해요. 놈은 민 실장을 납치하기까지 했어요. 민 실장이 재치를 발휘해서 차에서 뛰어내려 탈출했으니 망정이지 정말 큰일 날 뻔했어요."

권산은 민지혜를 바라보았다.

깊게 가라앉은 표정과 창백한 안색이 그녀가 겪은 스트레스를 보여주는 듯했다.

"몸은 많이 안 다쳤어? 대체 어떤 놈이야?"

민지혜가 이윽고 입을 열었다.

"크게 걱정 안 하셔도 돼요. 많이 다친 건 아니니까. 스토커는 한 놈이 아니에요. 제가 납치당할 때 네 명이 동원되었고, 그놈들이 하는 말을 들으니 사실상 제가 아니라 권산 헌터님이 목적인 것 같더군요."

"내가?"

"놈들은 중국어를 썼어요. 제가 못 알아들을 거라 생각해서겠지만, 다행히 제가 중국어를 조금 할 줄 알아서 지금도 놈들의 대화에 나온 중요한 단어는 기억하고 있어요. 더 끌려가서는 위험하다고 생각해서 차가 잠깐 멈춘 사이 창문 사이로 겨우 몸을 빼냈고요."

권산은 남자들이 중국어를 사용했다는 점에서 본능적으로 느껴지는 바가 있었다.

듣고 있던 홍련 역시 마찬가지인 모양이다.

"대체 대화 내용이 뭐였지?"

민지혜가 단어를 차근차근 말했다.

"권산, 암천비원, 유인, 약속 장소, 사준혁 정도를 들었어요. 전 도무지 그들이 왜 권산 헌터님과 실종된 사준혁을 거론했는지는 짐작할 수 없지만 좋은 일은 아닐 거예요."

험한 일을 당한 민지혜였으나 담담한 어투로 상황을 설명했다. 권산은 대충 무슨 일인지 짐작이 되었다.

'암천비원에서 사준혁은 내 얼굴을 봤다. 암천회에서 사준혁을 앞잡이로 삼아 나를 잡으려 하는구나. 아무래도 그들의 본거지에 잠입한 일 때문이겠지. 사준혁은 내 거처를 알지 못하니 현무 길드에 먼저 사람을 보내 내 주변을 캔 것이고.'

상황은 생각보다 더 심각했다.

이대로 이어도기지로 돌아간다면 가깝게는 민지혜가, 멀게는 현무 길드에 위해가 돌아갈 것이 분명했다.

"아무래도 내가 나설 수밖에 없겠군. 홍 사매가 나를 도와줘. 민 실장이 나 때문에 괜한 일 겪게 해서 미안하군. 조만간 확실하게 해결해 줄게. 놈들이 다시 접근할 것 같으니 당분간 내가 경호를 할게."

권산은 현무 알파 헌터들에게 연락해 일주일간의 준비 시간을 주고 아예 홍련과 함께 목동에 있는 민지혜의 집 근처로 이동했다.

10층 아파트 건물의 8층에 집이 있어서 주변에 그보다 높은 층의 건물은 몇 되지 않았다.

전후 복구가 될 때 경제적인 이유로 고층 건물이 많이 사라진 탓이다.

"사매, 놈들이 아직도 감시를 한다면 저쪽 타워와 이쪽 아파트 옥상에 감시를 둘 것 같아. 한 군데씩 가보자고."

두 장소 모두 민지혜의 집을 감시하기에 최적의 입지였다. 창문을 통해 집 안이 보이는 건 물론이고 현관부터 주 연결 도로까지의 동선이 한눈에 보였다.

첫 번째로 도착한 맞은편 아파트 옥상에는 별다른 특이점이 없었다.

두 번째 도착한 광고 타워의 옥상에는 뭔가 목적이 불분명한 카메라 한 대가 민지혜의 아파트 쪽을 향해 비추고 있었다. 전원은 광고판 전원을 강제로 연결시켰고, 통신선이 따로 없는 것이 녹화 화면을 무선 송출 하고 있는 듯했다.

'놈들이 설치했군.'

혹시나 음성이 녹음되는 타입일 수도 있어서 권산은 렌즈 화면을 조작해 홍련과 문자로 대화를 나누었다.

[사매, 일이 쉽게 풀리겠어. 놈들의 꼬리를 잡을 방법이 생겼군. 일단 사매는 광고 타워 아래 주도로와 연결되는 곳에서 대기해. 통신선 열어두고.]

[알았어요, 사형. 그런데 이자들이 과연 사부님의 행방을 알고 있을까요?]

[암천회와 관련되었으니 가능성은 있어. 사준혁이란 놈은

암천회의 수족이 된 모양이니 놈을 잡아서 정보를 캐내보자.]

홍련이 내려가자 권산은 옥상에 자라난 이끼를 뜯어 손으로 비벼 가루로 만들었다. 카메라의 사각에 교묘히 선 채로 가루를 후후 불어 카메라 렌즈로 날리자 렌즈는 금세 뿌연 먼지로 가득 쌓였다. 놈들이 성실히 감시하고 있다면 누군가는 이 먼지를 닦아내기 위해 나타날 것이다.

시간은 그리 오래 걸리지 않았다.

해 질 녘이 되었을 때 검은색 세단 한 대가 광고탑 측 도로에 멈췄고, 검은색 엔지니어 유니폼을 입은 남자 한 명이 광고탑의 계단으로 뛰어올라 왔다.

마치 광고탑을 정비하러 온 설비 기사 모양으로 공구 가방도 짊어진 채였다.

권산은 옥상의 엄폐물을 이용해 몸을 숨기고 있다가 남자가 카메라 렌즈에 쌓인 먼지를 털어내자 슬며시 앞으로 나타났다.

"너는 누구지?"

"엇!"

남자는 당황하는 표정이 역력했다. 다급히 품에 손을 넣어 뭔가를 빼려 했지만, 번개처럼 다가선 권산이 강맹한 바람 소리와 함께 주먹을 날려 품에 집어넣은 손과 함께 몸통을 후려

쳤다.

우드득!

"크아아악!"

남자는 비명을 지르며 손을 빼냈는데 손가락이 권총 방아쇠에 끼어 완전히 으스러져 있다.

권산은 점혈술로 남자의 마혈을 짚어 꼼짝 못 하게 한 뒤 남자의 몸 여기저기를 뒤져 통신 장비와 무기를 제거했다.

"사매, 한 놈을 제압했어. 놈의 차량에 동료가 있는지 확인하고 제압해. 절대 죽이지는 말고."

"사형도 참, 나도 그 정도는 할 줄 안다고요."

홍련은 자연스럽게 차로 걸어가 짙게 선팅이 된 운전석의 창문을 툭툭 두드렸다.

지이잉.

창문이 내려가며 차갑고 마른 인상의 남자가 나타나자마자 홍련은 그대로 발경을 실은 권초를 뻗어 냅다 남자의 턱을 날려 버렸다.

퍼억!

어찌나 맹렬하게 때렸는지 뼈가 뒤틀리는 듯한 소음과 함께 남자는 턱이 탈골되며 단숨에 기절하고 말았다.

"제압 끝!"

권산은 제압한 두 명의 남자를 트렁크에 싣고 홍련과 함께 놈들의 차를 빼앗아 교외의 비어 있는 창고로 들어갔다.

잠시 뒤, 손에 피가 묻은 권산과 홍련이 창고 밖으로 걸어 나왔다.

훈련은 제법 된 모양이지만 암천회에서 일한 지 오래되지 않아 충성도가 약했다.

금방 은신처를 실토했다. 두 사람을 각각 다른 방에 격리하고 확인한 은신처 위치가 일치했으니 틀림없을 터였다.

후환은 남겨두지 않았다. 이광문을 납치한 암천회와 관련된 일이라면 손에 자비를 두지 않기로 마음먹은 까닭이다.

남자들을 차와 함께 불태우고 권산은 홍련과 함께 서울역 인근의 놈들의 은신처로 향했다.

서울역 인근에는 전후에 밀려든 피난민들로 인해 형성된 평화 시장이 있었는데 지금에 와서는 전국에서 가장 큰 시장이 되어 있었다.

그 상인들의 주거 수요 덕분에 허름한 여관 거리는 매일 성업 중이었다.

'바로 저기로군.'

사준혁과 암천회 패거리는 전국장이라는 여관을 전세 내고 은신처로 삼고 있었다.

권산은 외벽에 바짝 붙어 천리지청술을 펼쳤다.

'하나, 둘, 셋, 넷… 총 여덟 명이로군.'

인기척으로 파악한 뒤 기감을 펼쳐 재확인을 하니 틀림없었다.

특히 한 명에게서는 압축된 공기와 같은 느낌이 전해져 왔다.

이건 사준혁의 느낌이다. 다만 예전과 다르게 뭔가 거북하고 사특한 느낌이 섞여 있었다.

'뭔가 좀 변한 것 같군.'

권산은 행인으로 위장하여 건물을 한 바퀴 돌며 현관을 제외하고는 입구가 없는 것을 확인했다.

"사매가 입구를 맡아줘. 지금 내가 들어가고 난 뒤 현관으로 누군가 도망치거나 2층에서 뛰어내리면 사매가 처리해줘."

"문제없어요, 그 정도는."

홍련과 권산은 준비한 복면을 썼다. 이 골목은 인적이 드문 곳이지만 아예 사람이 다니지 않는 것은 아니었다.

용살문과 암천회 사이에서 벌어지는 생사결은 제도권에서 용인될 만한 것이 아니었다.

"검이 필요하면 이걸 써."

권산은 홍련에게 무라사키 소검을 주고는 중검을 등에 걸고 들어갔다.

1층 로비의 소파에서는 힘깨나 쓸 법한 거구의 사내들 여럿이 모여 도박판을 벌이고 있었다. 마작이다.

"이 여관 장사 끝났어. 다른 곳 알아봐."

어눌한 한국어.

권산은 등 뒤의 중검을 뽑으며 낮게 으르렁거렸다.

"암천회의 버러지들을 찾아왔는데?"

사내들이 판을 뒤집고 우르르 일어났다. 총 여덟 명이 권산의 전면을 포위했다.

"너, 뭐야?"

"나? 네놈들은 어차피 곧 죽을 건데 알 필요가 있을까?"

"별 미친놈이 다 있고만. 크크크."

놈들은 방심하고 있었다. 권산은 번개처럼 중검을 뽑아 왼쪽의 사내부터 손목을 날려 버렸다.

손목은 검수의 입장에서 안전하게 거리를 벌리면서 가장 손쉽게 상대를 무력화시킬 수 있는 부위이다.

물 흐르는 듯한 검 놀림으로 세 명의 손목을 베어버리자 그제야 놈들의 대응이 시작되었다. 암천회에서 이런 임무에 어중간한 놈들을 보낼 리 없었다.

사내들은 가슴에서 짧은 소검을 꺼내 권산의 사방을 점하며 무지막지하게 찔러왔다.

무술을 심도 있게 익혔고 제법 손발을 맞춰본 이들이 확실했다.

'그렇다고 해도 이미 합격에 구멍이 뚫렸으니 오합지졸일 뿐.'

권산은 팔방풍우의 동작으로 검을 휘돌려 접근하는 이들의 팔뚝을 베어내며 뒤로 물러났다. 두 명의 손목이 더 날아갔다.

"크아아악! 내 팔!"

"죽여! 죽여 버려!"

소란을 들은 동료들이 2층에서 몰려드는지 잠시 계단 쪽이 소란해지는 듯하자 권산은 눈에 살기를 뿜으며 남은 세 명의 목을 한 번의 칼질로 날려 버렸다.

계단에서 내려온 두 명의 손에는 샷건이 들려 있었는데 권산을 보자마자 방아쇠를 당겼다.

탕! 파앙!

그러나 권산은 이미 이형보를 밟아 잔상만을 남긴 채 여관 천장에 달라붙었고, 발사된 산탄은 그들의 동료들을 덮쳤다.

"으아악! 살려줘!"

"커억!"

천장에서 떨어지며 샷건을 든 둘의 목덜미를 미려한 검광으로 뚫어버렸다.

핏줄기가 뿜어졌으나 기계처럼 정확한 검격 탓에 권산에게는 피 한 방울 튀지 않았다.

손목이 잘린 채 살아 있는 자들은 현관을 통해 도망가려 했으나 홍련에게 퇴로가 막혔고, 살기 위해 치열하게 맞붙었다.

그러나 부상까지 입은 몸으로 홍련을 이길 사람은 없었다.

'어디냐, 사준혁? 네가 나타날 때가 되었는데?'

그때 권산의 머리 위 건물의 천장 면이 무너져 내리며 부서진 시멘트가 무더기로 쏟아졌다.

'보통 시멘트가 아니군.'

권산은 검신에 공력을 집중해 시멘트를 사방으로 밀어냈다. 심상치 않은 기운이 느껴져 본능적으로 검풍을 펼친 것이다. 사방으로 튕겨진 돌무더기는 폭탄처럼 요란한 소음을 내며 터져 나갔다.

사준혁의 특기인 에너지 부여가 분명했다.

콰콰쾅!

"그걸 피하다니 넌 역시 대단한 놈이야."

먼지 속에서 사준혁이 나타났다. 복면을 썼다고 해서 권산을 못 알아볼 그가 아니었다.

"오늘 내 손에 죽어라. 암천회에서는 네놈을 생포하라지만 곱게 잡힐 리 없을 것 같으니까."

'뭔가 기세가 일변하긴 했군.'

사준혁의 몸놀림이 두 배는 빨라져 있었다.

각고의 노력 끝에 본신에 에너지를 부여하는 기술을 체득하는 데 성공한 것이다.

암천회가 제공한 흡성대법으로 이미 백 단위가 넘는 인간들의 생체 에너지를 흡수한 뒤였다.

과거에 비해 족히 세 배는 더 강해졌다.

자신은 이미 최강의 반열에 오른 이능력자였다.

사준혁은 양손에 잡히는 수많은 돌덩어리에 에너지를 부여하여 권산에게 마구 던져대었다.

이미 권산과 근접전을 벌이다 망한 경험이 있으니 가급적 거리를 두는 것이다.

'중검을 가져오길 잘했군.'

권산은 검기를 일으켜 날아오는 돌을 모두 베어내며 전진했다.

3미터 거리로 들어가자 사준혁이 이능력을 전방 공간에 쏟아내었다.

공기의 밀도가 높아지며 푸른 에너지가 스며들어 웅웅거렸다.

'실드 같은 건가.'

권산 역시 내공을 끌어 올리며 벽력탄강기(霹靂彈罡氣)의 구결을 암기했다.

호신강기와 같은 푸른색 연무가 피부를 감싸며 올라와 오라와 같은 광휘를 내며 번쩍였다.

운무는 점점 커지며 권산을 중심에 둔 구체가 되었고, 은은하게 천둥치는 소리가 들리며 벽력의 섬광이 더욱 선명하게 보였다.

"뭐, 뭐야, 이거?"

사준혁이 당황하며 더욱 에너지를 공기에 밀어 넣었다.

그의 이능력 에너지는 내공처럼 정순하지 않았고 결합력도 떨어져 효율이 낮았으나 그가 흡수한 무지막지한 양의 에너지가 투입되자 점점 실재하는 벽처럼 단단해졌다.

에너지 벽과 벽력탄강기의 대결.

권산은 심호흡을 하며 계속 밀고 들어갔다.

빠직거리는 전격 소리가 들릴 때마다 에너지 벽은 부서져 나갔고, 마침내 검격의 거리로 사준혁이 들어왔다.

십자파황검(十字破荒劍).

수련의 정도는 깊지 않았지만 이 방벽을 깨고 사준혁을 생포하기에는 이 검식이 적격이었다.

권산의 두 눈에서 적광이 치솟으며 중검에 붉은 검기가 폭발적으로 솟구쳤다.

다만 벼린 듯 날카로운 검기가 아니라 파쇄에 최적화된 둔기 형태의 강기였다.

강기는 십자 모양으로 사준혁에게 쏟아졌으며, 사준혁은 두 주먹에 에너지를 집중해 밀려오는 십자 강기를 전력으로 두드려 대었다.

강기는 에너지 주먹에 맞을 때마다 움푹움푹 파였으나 추진력이 줄어들지 않았고, 마침내 사준혁의 양팔과 몸통, 다리에 동시에 적중하며 10미터나 밀고 나가 남아 있는 벽을 무너뜨리고 사라졌다.

"아아악!"

단 일식에 사준혁은 양팔과 양 다리뼈가 부러졌다.

갈비뼈에도 금이 갔는지 호흡을 할 때마다 가슴이 몹시 고통스러웠다.

"헉! 헉! 대체 뭐야? 이게 무슨 기술이야?"

권산은 사준혁을 내려다보며 나직한 어조로 중얼거렸다.

"십자파황검. 들어도 모르겠지만."

기절한 사준혁을 어깨에 들쳐 메고 홍련과 함께 현장을 빠져나갔다.

거미줄처럼 금이 간 건물이 와르르 무너지며 평화 시장에 돌먼지를 쏟아내었다.

*   *   *

권산은 사준혁의 혼혈을 점혈하여 확실하게 의식을 끊어놓은 뒤 아지트로 데려가 백민주를 호출해 사준혁의 부러진 팔다리를 치료했다.

　생명에 지장이 없는 수준으로 겨우 뼈를 접합시키는 정도에서 치료 광선을 멈췄기 때문에 자력으로 일어서는 것은 불가능했다.

　그의 이능력을 봉쇄하기 위해 점성이 강력한 합성수지물 드럼을 구입해 사준혁의 몸을 집어넣고 통을 가열해 몸을 붙여버렸다.

　함부로 합성수지에 에너지 부여를 했다가는 신체가 같이 터져 나가게 조치한 것이다.

　지하의 창고 용도로 만든 빈 공간에 사준혁을 두고 얼굴에 차가운 물을 끼얹자 사준혁이 '으으' 하는 신음과 함께 눈을 떴다. 권산이 불빛을 등지고 그에게 물었다.

　"나를 노린 이유는?"

　"말하기 싫다면?"

　권산은 비릿하게 미소 지었다.

　"네 입을 열게 할 방법은 많이 있어. 공연히 힘을 빼지 말자, 서로."

　사준혁은 짐짓 여유로운 척했으나 내상을 입은 데다 사지가 부러져 정신을 차릴 수가 없었다.

그가 아는 권산은 손속이 잔인한 놈은 아니었으나 결심하면 망설이는 법이 없었다. 살아남기 위해서는 결정을 해야 했다.

"말을 하면 살려줄 건가?"

"내가 정말로 알고자 하는 것을 네가 말한다면 살려주지."

"흐흐, 약속은 지켜라."

"물론."

권산은 진심이었다. 사준혁이 이광문의 행방에 대해 알고 있을지는 의문이지만.

"너를 쫓은 건 네가 암천비원의 비밀을 어디까지 봤을지 몰라서다."

권산이 회답했다.

"그것보다는 살인 멸구를 하려 했겠지. 왜지? 지하의 연구 시설이 그렇게도 대단한 비밀인가?"

사준혁이 눈을 감고 천천히 대답했다.

"연구 시설에 수백 구의 이모탈이 만들어지고 있는데 듣자 하니 지금 중국에서 잘나가는 인사들의 조상들이 제법 있는 모양이야. 공연히 소문나면 암천회도 타격을 입을 수밖에 없으니까."

'그럴 법도 하군.'

권산이 다시금 물었다. 스승의 행방에 단서가 되는 정보가 필요했다.

"지금 암천비원은 어디로 이동한 거지?"

"크크크, 역시 암천비원을 급습한 정체 모를 집단과 너는 연관이 있는 모양이군. 비원이 사라진 사실을 알다니… 뭐, 그건 나도 몰라. 이번에야말로 정말로 은밀한 곳으로 갔다는 정도밖에는."

사준혁이 만족스러운 답변을 내놓지는 못했지만 그의 눈빛을 보아 거짓을 말하는 것 같지는 않았다.

"황 박사라는 자의 정체와 이모탈에 대해 말해봐."

"본명 황시정. 그냥 황 박사로 통해. 학위가 있는지 없는지는 내 알 바 아니고. 하여간 진짜 또라이 같은 천재 영감이지. 나이는 한 일흔 살쯤 되었는데 그의 가문은 대대로 강시술에 대해 전승해 오고 있다고 하더군. 그는 가문의 비전강시술과 괴수 연구를 융합해서 이모탈이라는 대단한 작품을 만들어냈지. 나도 몇 번 붙어봤는데 솔직히 말해서 무시무시한 놈들이야."

이모탈과는 이미 손을 나눠본 권산이다.

이지는 사라졌지만 살아생전에 쌓은 무술의 경지를 대부분 펼쳐낼 수 있고, 인간이라면 가지는 심리적인 약점도 없는 살인 기계였다.

권산은 암천비원에 잠입한 날을 기억했다. 용살문주의 육신을 탐내고 시체로 이모탈을 만들려는 계획에 대해서이다.

"너희는 살아 있는 사람을 죽여서 강시로 만드나?"

"못 할 거야 없겠지만, 나는 못 본 것 같은데? 내가 본 이모탈은 죄다 기본 몇백 년 전 사람들이더라고. 암천비원이 이사가기 전만 해도 내가 연구 시설 경비를 맡아서 아는데, 최근에 들어온 시체는 없었어."

권산의 낯빛이 굳어졌다. 스승의 행방에 대한 추정이 흔들린 것이다.

그럼 암천회의 소행이 아니라는 것일까? 권산은 뒤편에 서 있는 홍련에게 손짓해 사진 한 장을 받았다.

용살문의 식구들이 모두 나와 있는 단체 사진이었다.

"이 얼굴에 대해 아는 게 있나?"

권산은 이광문을 가리켰다.

"크크, 모르겠는데?"

권산은 눈에 살기가 깃들었다.

스승의 행방을 모르는 이상 사준혁을 살려둘 이유가 없는 것이다.

권산은 다시 사진의 우측을 가리키며 물었다.

"이 얼굴은 본 적이 있나?"

손가락은 한미향 찬모를 가리키고 있었다.

"흐음……."

사준혁이 이맛살을 찌푸리며 그녀의 얼굴을 뚫어져라 바라보았다. 뭔가 생각이 나는 듯한 모양새다.

"아, 기억이 나는군. 최근에 본 것 같아. 임무 중에 마주친 적이 있어. 야율가 쪽 정보 요원 같더군."

'야율가?'

권산의 머릿속이 복잡해졌다.

암천회가 장악하고 있는 천경그룹에는 세 개의 파벌이 있는데 사마가, 황보가, 야율가이다.

그중 황보가는 용살문의 손에 지워졌고, 남은 건 두 개의 파벌뿐이다.

사마가에 속한 황 박사가 용살문주의 육신을 원했고, 그런 상황에서 이광문이 한미향의 손에 납치되었기 때문에 사형제들은 당연히 한미향이 사마가에 속해 있을 것이라 생각했다.

"방금 그 말이 네 목숨 80%를 살렸다. 나머지 20%를 채우려면 그녀에 대해 아는 걸 모두 말해."

잠시 뒤 권산은 홍련과 함께 1층으로 올라왔다. 사준혁은 혼혈을 짚어 기절시키고 기다리고 있던 백민주에게 한 번 더 치료를 부탁했다.

그녀는 이해하기 어려운 상황이었지만 일단 묻지 않고 권산의 부탁을 들어주었다.

"사형, 한미향이 야율가 쪽 사람이고 지금 일본에 있다면 사부님도 일본에 구금돼 있지 않을까요?"

"음, 차라리 그랬으면 좋겠다만."

이광문이 야율가에 납치된 것은 확실해 보였다.

이유는 모르겠으나 강시 제조와 같은 이유만 아니라면 살아 있을 확률이 높았다.

죽이고자 했다면 납치한 당일 중독시켰을 때 일을 벌려도 충분했기 때문이다.

사준혁은 최근 모종의 임무 때문에 쿄토에 갔는데 그때 천경그룹 쿄토 지부에서 야율가 측 현지 요원들을 만나 안내를 받았다고 했다.

그중에 한미향이 섞여 있었던 것이다. 여교라는 다른 이름을 쓰고 있긴 했지만.

권산은 약속대로 사준혁의 상처를 치료해 준 뒤 합성수지에서 빼내 풀어주었다.

아지트의 행방을 알 수 없게 혼절한 사이 인근 야산으로 옮긴 건 물론이다.

"사준혁, 약속을 했으니 풀어준다. 다만 암천회로 돌아가는 건 내가 용납할 수 없어. 네가 암천회의 기밀을 발설한 내용이 다 녹화되어 있으니 배신자로 낙인찍히기 싫으면 알아서 잠수를 타는 게 좋을 거야. 네 소식이 들려오면 바로 천경그룹에 그 영상을 보낼 테니까."

"철두철미하시군. 좋아, 나도 목숨은 아까우니까. 그럼 언제고 또 볼 날이 있겠지."

사준혁은 다리를 절뚝거리며 산을 내려갔다.

권산은 그 모습을 지켜보다가 아지트로 돌아와 사형제들에게 연락해 이광문이 야율가에 납치되었고 한미향은 현재 일본에 있다는 소식을 전했다.

제순이 당장 북경 생활을 정리하고 쿄토로 날아가기로 했고, 권산은 문제가 생기면 이 사람을 찾아가라고 연락처를 전달했다. 바로 일본 제일의 검객 사토 켄신이었다.

'조만간 사토 켄신 그 양반 잘 지내는지 물어나 봐야겠군.'

11장
오각고래

"오각고래의 폭탄 가스를 무력화시키지 않으면 사냥은 불가능해. 여기, 여기 두 개의 긴 뿔을 제거하고 놈이 체내에 보관 중인 과산화수소를 모두 뽑아내야만 사냥 중에 폭탄 가스 세례를 안 맞을 수 있어. 또 화력전을 벌였을 때 놈의 몸 안에서 과산화수소 주머니와 하이드로퀴논 주머니가 탄에 뚫려서 의도치 않게 반응이 일어나면 사체는 산산조각 나버릴 거야. 한마디로 하나 마나 한 사냥이 될 거란 거지."

서의지가 손을 번쩍 들었다.

"그럼 우리가 할 일은 두 개의 뿔을 먼저 제거하는 일이겠군요?"

권산이 고개를 끄덕였다.

"맞아. 뿔은 제거하면 푸른 액체가 압력에 의해 분출될 거야. 분출이 끝나면 부대가 화력을 전개해서 괴수를 잡을 거야. 놈은 재생력이 뛰어나지만 몰매에는 장사가 없는 법이지. 폭탄 가스를 잃으면 비행전대에 반격은 불가능해."

권산은 이른 새벽에 부대를 출격시켰다. 5km 거리에서 부대를 정지시킨 뒤 고지대로 올라가 둥지를 관찰했다.

오각고래의 둥지는 저지대 구간에 평평한 관목과 함께 자연적으로 형성된 습지였는데 오각고래의 지느러미는 육상 생활에 필수인 두꺼운 다리로 진화하여 그 습지에 깊숙이 담겨 있었다.

권산은 망원경을 내리며 생각을 정리했다.

'역시 정보대로 잠이 많군.'

육상에서 생존하기 위해 진화한 고래는 전장 70미터에 이르는 상당히 두껍고도 날렵한 몸통을 가지고 있었고, 머리는 상대적으로 크고 두꺼운 뿔이 다섯 개나 달려 있었다.

그중 과산화수소를 분출하는 긴 뿔의 길이는 2미터에 달하고 그 단단한 각피는 어떤 무기로도 손상시킬 수 없을 듯했다.

"모두 작전대로 행동한다. 육상전대는 이곳에 고정식 자동

화기를 설치하고 4호기, 5호기는 주변을 경계해 줘. 현무 알파는 1호기에 탑승한다."

권산은 홍련과 시선을 주고받았다. 홍련의 입장에선 첫 사냥이 A급 괴수인지라 몹시 긴장하고 있는 듯했다.

"첫 사냥에 이만한 놈을 잡게 되다니 사매는 운이 좋아."

"제가 잡히지나 않으면 고맙겠어요, 사형."

"그 무지막지한 청룡도면 뿔 정도는 벨 수 있을 거야. 내공 증폭벨트를 사용해."

현무 알파가 모두 오르자 1호기는 점차 고도를 높여갔다.

비행전대 대원들이 파티원들의 몸에 강하 벨트와 와이어를 걸자 모두의 눈에 긴장감이 어렸다.

"모두 긴장 풀어. 우리의 역할은 간단해. 놈이 잠에 빠져 있는 사이 강하 와이어를 타고 급강하한 후 뿔을 절단, 곧바로 와이어를 감고 1호기로 귀환하면 돼."

일행은 각자의 갑옷과 무기에 빠진 부분이 있는지 재점검했다.

1호기가 마침내 이동을 멈추고 로터의 회전을 최소화하여 소음을 억제했다. 목적지에 도달한 것이다.

권산이 백민주에게 눈짓을 보내자 그녀는 권산과 홍련에게 버프 광선을 부여했다.

이능력이 없는 이에게 치료 광선을 쓰면 신체 능력이 세 배로 증폭되는 바로 그 능력이다.

"자! 강하!"

권산이 외치자 진광이 버튼을 조작하여 하단 해치를 열고 강하 와이어를 작동시켰다. 줄이 풀리며 여섯 개의 롤러가 쉴 새 없이 돌아갔다.

아침 안개를 뚫고 여섯 개의 인영이 바람을 가르며 낙하했다.

헌터들은 기본적으로 괴수를 상대하다 보니 담력이 강해서 이 정도로 공포를 느끼는 이는 없었으나 권산처럼 훈련을 받지 못했기 때문에 엉거주춤한 자세로 허우적대었다.

그나마 이미 신체를 청동으로 변환시켜 무게가 잡혀 있는 장규철과 홍련이 자세를 가다듬는 정도였다.

와이어는 정확하게 고래의 이마 1미터 위에서 멈췄다. 발만 뻗으면 바로 디딜 수 있는 거리였다.

'역시 진광이야. 정확하게 계산했군.'

권산은 파티원들에게 수신호를 보냈다. 고래의 피부에 발을 디디는 순간 고래가 깨어날 것은 자명했다.

"지금!"

피타원들이 일제히 발을 디뎠고, 권산은 보법을 전개하여 한쪽 뿔로 다가가 초살참을 전개했다.

처음부터 전력을 다한 공격이었다. 세 배의 내공 증폭이 깃

들자 푸른색의 거대한 초승달이 피어오르며 각피 뿔에 파고
들었다.

초승달은 뚜렷하게 고형화된 형상이었는데, 윤곽이 흐릿하
던 과거의 초살참보다 크기는 작았으나 훨씬 더 집중된 기운
이 느껴졌다.

이른바 검기성강이다.

뿔은 검강에 아무런 저항도 없이 잘려 나갔고, 잘린 뿔의
단면에서는 푸른 액체가 분수처럼 솟구쳤다.

'하나는 잘랐고, 나머지는?'

권산이 시선을 돌리자 전명희와 홍련이 연수 합격을 맞춰
차례로 뿔을 공격하는 것이 보였다.

홍련의 거대한 청룡도에서도 희미한 검기가 솟구쳤고, 참격
이 가해질 때마다 각피 뿔과 연신 스파크를 일으키며 마찰했
다.

전명희의 전격이 뿔의 갈라진 틈을 태웠고, 장규철의 무거
운 주먹이 마침내 뿔을 부러뜨렸다.

그곳에서도 푸른 액체가 솟구쳐 올랐다. 과산화수소가 흘
러내리기 시작한 것이다.

"진광! 당겨!"

권산이 무전을 하자 곧바로 와이어가 팽팽하게 당겨졌다.
그 순간 오각고래의 몸 전체가 격렬히 진동하며 고막을 찢을

듯한 굉음이 울려왔다.

부아아앙!

오각고래는 A급 괴수에 어울리는 거대한 몸집이었지만, 과거 바다에 살던 조상들처럼 민첩한 편에 속했다.

오각고래가 그 거대한 몸을 일으키기 시작하자 어느 정도 공중으로 당겨져 올라간 파티원들의 눈과 오각고래의 눈이 정면으로 마주쳤다.

괴수의 거대한 눈동자와 마주하니 저 감정의 밑바닥 어디선가 공포심이 스멀스멀 올라왔다.

'제길.'

서의지는 이를 악물고 준비한 다연장 석궁을 고래의 눈에 직사했다.

수십 발의 화살이 눈동자와 안면에 박히자 화살에 설치된 연막탄이 터지며 괴수의 시야를 차단했다.

오각고래는 미친 듯이 고개를 흔들어댔다.

고통에 찬 비명과 뿔이 잘린 원통함이 절로 느껴지는 듯한 귀곡성이었다.

뻔히 눈앞에서 도망가는 원수들을 응징할 방법이 없는 것이다.

지금 하이드로퀴논을 발사했다가는 머리에 온통 묻어 있는 과산화수소와 반응해서 머리가 날아간다는 것을 알고 있기 때문이다.

마침내 와이어가 완전히 감기며 파티원들이 1호기의 선내로 들어섰다. 급강하에 이은 기습, 이후 복귀까지 성공한 것이다.

"성공이야. 아, 완전 무서워."

전명희가 눈에 그렁그렁한 눈물을 훔치며 손을 떨어댔다. 공중을 통해 기습했기에 망정이지 정면으로 붙었다가는 뼈도 못 추렸을 것이라는 느낌을 받은 것이다.

진광은 1호기를 조금씩 하강시키며 오각고래를 유인했다. 오각고래는 광분하며 1호기를 쫓았고, 준비된 위치에서 엄청난 화력 세례를 맞고 머리가 난장판으로 쪼개져 뇌수를 흘리며 절명했다.

사냥이 끝나고 강철중이 완료 보고를 했을 때 권산은 한숨을 푹 내쉴 수밖에 없었다.

쿼드 캐리어 1기 외판 손상, 고정식 자동화기 30기 전기 소실, 탄약 및 유탄 2만 발을 소진했다.

아무리 재래식 무기라지만 한 마리를 사냥하는 데 이렇게 많은 탄약을 소모했으니 손해가 막심했다.

물론 박돈학이 지원해 줄 부분이긴 하지만.

"어쩔 수 없군. 이번 건은 박돈학에게 넘기는 수밖에."

권산은 오각고래의 사체를 분해해서 이어도기지로 옮겼다.

박돈학의 입은 귀에 걸렸고, 소실된 무기와 탄약은 곧바로 수송되어 왔다.

통일한국군의 탄약고를 털어 이어도기지에 보내고 사체를 팔아 얻는 이익은 본인의 계좌로 넣는 셈이니 그에게는 2만 발을 쓰든 3만 발을 쓰든 별 상관이 없는 부분이었다.

권산은 포터블 냉동기에 라독 샘플을 넣고 사체 각 부위를 조금씩 챙겨 목포에서 기다리는 진성그룹 지부로 보냈다.

A급 괴수의 사체를 얻을 때마다 미나에게 보내기 위해 사전에 약속한 루트였다.

그곳까지만 보내면 라독은 지명훈에게, 사체는 진성그룹 연구소로 배송되게 약속되어 있었다.

*　　　　*　　　　*

이 주일 만에 권산의 계좌로 350억 원이 입금되었다.

오각고래는 사체의 양도 어마어마했고, 그 덕에 사체와 라독이 암시장에서 총 700억 원에 낙찰된 듯했다.

황제크랩보다도 더 높은 가치로 통하는 모양이다.

부대원들의 몫으로 140억 원을 배분했고, 권산의 몫인 210억을 등분하여 각각 30억 원씩 배분했다.

파티원뿐만 아니라 현무 길드에도 한 사람분의 몫을 배분해서 입금했는데 향후 차슬아가 Y130 구역 인근까지 운송업체를 보낼 때 자금이 필요할 것이란 판단 때문이다.

"대장, 이거 장난이 아닌데요."

정찰에서 돌아온 서의지가 작전실의 스크린에 화면을 띄웠다.

그의 고성능 호라이즌 망원렌즈에 녹화된 화면이다. 그는 시력 강화의 이능력이 있기 때문에 망원렌즈 따위는 불필요했으나 녹화 화면을 남기기 위해 사용한 듯했다.

화면에서는 수백 명의 헌터들이 A급 괴수를 사냥하고 있었다.

"대장이 퍼뜨린 오오카제가 이제 국제적인 이슈가 된 거 같은데요."

화면에는 다섯 대의 호버크래프트와 수백 대의 벌쳐가 잡혔는데 디자인이 중국식이었다.

"심벌이 다양한 걸 보니 몇 개의 대형 길드가 나선 것 같고요. 중국뿐이 아니에요. 다음 화면."

둔덕 위 야영지가 화면에 나타났다.

각도를 보니 정찰용 드론을 보내 상공에서 촬영한 것 같았다.

고지대에 캠프를 구성했고, 무려 여덟 대의 호버크래프트

로 벽을 쌓아놓고 있었다. 중국의 두 배는 되어 보이는 인원이 보였다

"보시다시피 일본 놈들이에요. 제가 세어보니 600명도 넘게 몰려왔어요. 다음 화면."

화면에는 석 대의 호버크래프트에 백 대의 별쳐가 뒤를 따라 미궁 평원의 저지대 구간으로 이동 중인 영상이 떠 있다.

"익숙한 심벌이네요. 이지스 길드예요. 업계 소식에 북부의 개마길드와 남부의 불사조 길드가 연합 레이드를 구성한다더니 정말 왔네요."

동북아시아 3국의 헌터들이 밀려들고 있었다.

오오카제를 노린 게 아니라면 이 시점에 저만한 전력이 Y130 구역으로 몰려갈 이유가 없었다.

'바라던 것 이상이군.'

권산이 서의지를 바라보았다.

"의지, 각국 헌터들 위치를 지도에 표시해 주겠어?"

"그러죠."

화면이 위성 지도로 바뀌었다. 서의지가 좌표를 보며 세 개의 점을 찍자 권산이 직접 펜을 들고 화면에 선을 그었다.

목포 관문에서 이지스 길드를 일직선으로 잇고 상해에서 중국 길드를 일직선으로 잇는다.

나가사키에서 일본 길드를 일직선으로 이으면 그 종착지가

하나로 귀결된다. 바로 권산이 골드웜의 가짜 서식지로 흘린 위치였다.

나비의 날갯짓이 태풍을 일으키듯 권산이 퍼뜨린 오오카제 스토리는 한, 중, 일을 폭풍 속으로 밀어 넣고 있었다.

한국 정부에서는 진위 여부 파악에 혈안이 되어 있었고, 내로라하는 국내 길드에서는 보물에 눈이 뒤집혀 접근 금지 구역이든 뭐든 일단 진입을 시도하고 있었다.

오오카제에 실린 보물에는 중국의 유물도 있을 것이 확실하다며 중국에서도 발을 뻗고 있었다.

스토리의 주인공인 일본은 필사적으로 내각 기록실을 뒤지며 진위 여부를 파악하려 했지만 핵전쟁으로 너무나 많은 기록이 소실되어 파악이 불가능한 바람에, 만약을 상정하여 국가적인 지원을 등에 업고 일본 길드가 나서게 된 것이다.

"저들이 향하는 종착지에 골드웜이 있다는 소문도 내가 낸 것이니 신경 쓸 것 없어. 우린 멀찍이서 우리 사냥이나 하자고."

"와, 대장, 완전 천잰데요?"

서의지가 엄지손을 척 추켜올렸다.

권산은 손을 휘젓고는 스크린의 화면을 바꾸었다.

다음 목표인 피닉스를 사냥하기 위해 준비한 자료였다.

이데아가 여기저기에서 정보를 모은 것은 물론이다.

"피닉스는 상대하기 까다로운 비행형 괴수야. 붉은색 깃털에 두 쌍의 날개로 비행하는데 높은 곳에서 날개를 휘저어 금속처럼 단단하고 탄성이 좋은 적색 깃털을 날리는 특수 능력이 있어. 또 깃털을 흩뿌리면서 부리로 인화성 액체를 내뿜어 날아가는 깃털에 불을 붙일 수도 있지. 이 인화성 액체는 일단 깃털의 마찰열과 반응해서 급격한 화학작용으로 화염이 만들어지는데 마치 백린탄 비슷한 게 일단 한 번 붙은 불이 도무지 꺼지질 않아. 한마디로 맞으면 끝장이라는 거지. 날개 폭은 30미터, 몸길이는 20미터라서 A급 괴수치고는 작은 체구야."

전명희가 고개를 갸웃거렸다. 그녀는 등급이 낮은 비행형 괴수를 몇 차례 잡아본 경험이 있었다.

강력한 원거리 공격이 가능한 이능력을 가졌기 때문에 크게 어렵지는 않았으나 자신의 능력이 A급 괴수에게 통할 거라 보기는 힘들었다.

"저와 동급의 이능력자가 50명은 모여야 피닉스를 땅에 떨어뜨릴 수 있을 것 같은데요. 일단 땅에 내다 꽂아야 사냥을 할 수 있으니까요. 그런데 아무리 군인들과 쿼드 캐리어로 지원한다 해도 우리 정도의 전력으로는 어려울 거 같아요."

"옳은 지적이야. 부대가 보유한 휴대용 대공미사일 정도로는 피닉스를 추락시키기 어려울 거야. 또 쿼드 캐리어는 기본적으로 수송 전력이라 대공전을 기대하긴 어려워. 그래서 이번에도 피닉스의 약점을 파고들어야 할 것 같아."

묵묵히 듣고 있던 장규철이 물었다.

"약점이라면 어떤 거요?"

"피닉스의 부리로 내뿜는 인화성 액체가 바로 그 약점이지. 피닉스도 깃털이 발사된 이후에 불을 붙이는 것이지 아예 몸에 붙은 깃털에 불을 붙이고 쏘는 건 아니거든. 즉 놈은 화염에 대한 절대 내성은 없는 거야. 이 약점을 공략할 때 필요한 것이 바로 C급 괴수인 적안 사이클롭스야."

권산은 화면을 넘겼다.

네 개의 다리를 가졌지만 인간처럼 이족보행이 가능하고, 몸통과 머리의 구분이 희미한 외눈박이 괴수였다.

신화 속에 나오는 외눈박이 거인의 이름을 따서 명명되었는데 신체의 외형이 비슷할 뿐 녹색의 파충류와 흡사한 외피의 갑각 등이 유인원에서 진화된 괴수는 아닌 것으로 보였다.

특히 외눈의 안구에서 붉은 에너지 광선을 발사하는 특수 능력이 있었는데 거대한 동공이 태양빛을 흡수, 집중시켜 좁은 목표점에 레이저 광선을 뿜어낼 수 있었다.

적을 상해시킬 정도로 강렬하진 않았으나 상대의 시력을 멀게 하는 데는 넘치고도 남았다.

"아주 똑똑한 어떤 친구의 계산에 의하면 적안 사이클롭스의 안구 열 개를 모아서 원반 접시 형태의 레이저 건을 만들면 원거리에서 피닉스가 부리로 인화성 액체를 내뿜는 그 순간 그 액체에 불을 붙이는 게 가능해. 굉장히 강하고 민첩한 괴수라서 광선 정도를 쓰지 않으면 이 약점을 공략할 수 없을 거야. 그 인화성 액체가 발화되면 몸의 깃털에 불이 옮겨 붙을 테고, 놈은 바닥에 추락할 수밖에 없을 테지. 그때 특수부대가 화력으로 놈을 요리하는 계획이야."

장규철이 재차 말했다.

"그럼 일단 우리가 할 일은 적안 사이클롭스를 사냥하는 일이군요."

"그래."

권산은 진성그룹 괴수 라이브러리를 뒤져 가장 가까운 적안 사이클롭스의 서식지를 띄웠다.

이곳에서 직선거리로 50㎞ 떨어진 곳에 군집을 이루고 있다는 정보가 있었다.

"그럼 출발하도록 할까?"

*   *   *

사냥 자체는 순조로웠다. 두 개의 군집을 사냥하고 나서야 열 개의 안구를 채취할 수 있었다.

C급 정도의 괴수였으므로 파티가 전략적으로 일점사를 가

하면 피해 없이도 하나씩 잡아낼 수 있었다.

홍련은 경험을 쌓기 위해서 장규철과 함께 최전방에서 공격을 맡았는데 청룡도의 무게와 내공을 이용한 참격이 점점 능숙해졌다.

다만 갑옷과 무기의 무게 탓에 회피 동작이 둔해져 적안 사이클롭스의 공격에 몇 번 노출되었으나 옵사디움 갑옷과 백민주의 치료 광선 덕에 위기를 벗어날 수 있었다.

적안 사이클롭스의 사체는 일단 이어도기지로 옮겼고, 권산은 안구 열 개와 이데아가 그려준 레이저 건의 설계도를 서의지에게 주고 만들어보라 했다.

메카닉 능력이 좋은 서의지는 파라볼라 형태로 원판을 깎은 뒤 자신의 라이플을 개조하여 원판을 붙이고 안구를 조립하기 시작했다.

며칠을 뚝딱거리더니 어느 정도 완성되었는지 모두 앞에서 시연을 해 보였다.

"그냥은 안 되고 약간의 전기 자극이 가해져야 안구의 동공이 움직여서 빛의 집중이 되는 것 같아요. 원거리에서 조준해서 광선을 적중시키려면 라이플의 구조를 활용하는 게 편하기 때문에 라이플 몸체를 개조했고요. 뭐, 배터리도 달고 이차저차 했는데 한번 보시죠."

서의지는 기지의 한쪽 토벽에 탈 만한 쓰레기를 걸어놓고 라이플을 조준하며 배터리 스위치를 켰다.

파라볼라에 조립된 안구가 태양빛을 흡수하는지 붉게 달아 오르더니 30초 후에 완전히 충전되었다.

"발사합니다."

서의지가 방아쇠를 당기자 열 개의 적색 레이저가 한 점에서 융합되며 동시에 분출했다.

쓰레기는 '팍' 하는 소음과 함께 일시에 화염에 휩싸였고, 에너지로 인해 관통하여 토벽까지 구멍이 뚫렸다.

"성공이로군."

＊　　　　＊　　　　＊

일주일 뒤 사냥이 시작되었다.

"내가 미끼가 되어 피닉스를 도발한다. 피닉스가 인화성 액체를 뿜으려 하면 서의지가 사이클롭스 광선으로 저격해. 피닉스의 깃털에 불이 옮겨 붙으면 나는 즉시 자력으로 퇴각하고, 1, 2, 3호기가 공중에서 화력을 전개해서 피닉스를 잡아. 4, 5호기는 주변을 경계하고, 육상전대는 피닉스가 죽으면 주변에 폭약을 터뜨려서 주변 산소를 제거해 화염을 꺼줘. 빨리 불을 끄지 않으면 사체를 건질 수도 없을 거야."

전원 쿼드 캐리어에 탑승한 채 접근 금지 구역에 돌입했다.

목적지에 다가가자 권산과 육상전대는 쿼드 캐리어에서 내려 피닉스의 둥지가 있는 산비탈까지 도보로 올라갔다.

육상전대는 중턱쯤에 수풀을 이용해 은폐한 채 대기했고, 권산 홀로 계속 정상을 향해 올라갔다.

쿵! 쿵!

무라사키 대검을 양손으로 받쳐 들고 주의를 끌 목적으로 내공을 집중해 땅을 거세게 밟아갔다.

쿵쿵거리며 지면이 진동하는 발소리를 크게 내 접근한 것이다.

정상에 다다랐을 때 뭔가 꿈틀거리는 듯한 강한 기운이 느껴졌다.

끼에에엑!

괴조음이 퍼지며 거대한 조류형 괴수가 하늘로 솟구쳤고, 네 개의 날개에서 뿜어져 나오는 강한 풍압에 권산은 눈을 반개하며 하늘을 올려다보았다.

'피닉스.'

권산의 기억에 남아 있는 가루다를 제외하면 가장 거대한 비행형 괴수였다.

온몸을 가득 덮은 피처럼 붉은 깃털이 맹수에 대한 근원적인 공포심을 자극했다.

피닉스는 신경을 긁은 존재감의 정체가 한 명의 인간이자

기분이 상했는지 매서운 기세로 활강하며 발톱으로 단숨에 인간을 짓이기려 했다.

권산은 한 바퀴 구르며 발톱의 사정거리를 벗어난 뒤 용살검법 후반 2식 광룡사일을 전개했다.

검 주변으로 하나둘 검강이 늘어나더니 수십의 검광이 다 연장로켓처럼 순차적으로 한 점을 향해 귀일했다.

대검으로 전개했기에 찌르기의 횟수는 줄어들었으나 밀집된 검강이 피닉스의 한쪽 발을 통째로 뚫어버렸다.

땅으로 피가 쏟아졌고, 피닉스는 엄청난 고통에 분노하며 하늘로 다시 솟구쳤다.

한 번 당해서인지 피닉스의 대응은 조심스러웠다. 고도를 100미터 이상으로 올리고 날개를 흔들어 수백 개의 깃털을 마구잡이로 발사했다.

깃털 하나하나가 사람 팔뚝만 하고 강도는 강철 화살에 못지않았다.

'벽력탄강기.'

넓은 범위로 흩뿌려져서 모두 피하기 어려웠기 때문에 권산은 내공으로 보호막을 전개하고 대검을 팔방풍우로 휘둘러서 깃털을 사방으로 쳐내었다.

깃털에 실린 역도가 상당했으나 화경에 이른 권산이 감당하지 못할 정도는 아니었다.

피닉스는 이 작은 생명체를 쉽사리 제압하지 못하자 초열깃 털을 쓰기로 마음먹었다.

내장기관에 담긴 불의 물을 식도로 끄집어내 막 부리로 뿜으려고 입을 활짝 벌리는 순간.

찌잉!

화르륵!

끼에에엑!

서의지는 3㎞ 떨어진 둔덕에서 엎드려 피닉스의 목구멍을 겨누고 있었는데 막 부리를 열고 인화성 액체를 끌어 올리는 순간 레이저 건을 적중시켰다.

불붙은 인화성 액체는 목구멍, 부리, 머리, 몸통 쪽으로 마구 흩뿌려졌고, 불의 비가 산 정상에 쏟아져 내렸다.

'됐군.'

권산은 이형보를 극한으로 밟아 장내를 이탈했다. 보통 불이 아니다.

백린탄과 같이 한 번 붙으면 절대 꺼지지 않는 악마의 불이었다.

권산이 전력으로 육상전대의 은폐지까지 이동하자 캐리어 석 대가 떠오르며 온몸에 불을 휘감고 추락하는 피닉스에 무차별적인 화력 전개를 시작했다.

탄약과 유탄이 전개되었고, 그 바람에 화염은 더욱 피어오르며 피닉스의 외피를 불태웠다.

온 천지가 떠나가라 비명을 지르던 피닉스가 10분 정도를 버티다 절명하자 쿼드 캐리어가 빠지고 육상전대가 피닉스의 주변에 폭약 더미를 쌓고 일거에 뇌관을 터뜨렸다.

인근의 산소가 순식간에 소진되며 찰나지간에 텅 빈 진공 상태가 되었고, 피닉스의 몸에 붙은 불길도 줄어들었다. 피닉스 사냥이 어렵지 않게 종료된 것이다.

권산은 피닉스의 사체를 조각내어 Y129 구역의 경계지까지 운송한 뒤 차슬아에게 연락하여 좌표 운송을 요청했다.

4, 5호기에 실려 있던 적안 사이클롭스의 사체도 겸사겸사 그곳에 내려놓은 것은 물론이다.

이번 사체는 박돈학에게 넘기지 않을 생각이다.

부대를 먼저 이어도에 귀환시키고 운송 업체가 도착할 때까지 사체를 지키다가 운송 업체의 쿼드 캐리어가 몇 대 도착하자 현무 알파는 이어도기지로 복귀했다.

12장
스발바르의 유적

북극.

노르웨이령 스발바르(Svalbard) 제도에는 녹지 않는 눈이 사시사철 휘몰아치고 있었다.

영구동토.

이러한 혹한의 땅에도 인간들이 만든 거대한 시설물이 보였다.

바로 게오르그 슈미트사의 북극 광산이다.

괴수의 공격을 피해서 안전하게 자원을 채굴하려면 괴수조차 생존하기 어려운 환경에서야 가능했다.

이러한 목적으로 수년 전부터 게오르그 슈미트사가 이곳 스발바르의 두꺼운 빙원을 파헤쳐 지저 광산을 뚫고 있는 것이다.

그곳에 쿼드 캐리어 한 대가 눈발을 날리며 착륙했다.

"게오르그 박사님, 제가 이곳 책임자인 군터입니다. 이쪽으로 오십시오."

"반갑군그래. 추운 데서 고생이 많네."

두꺼운 방한복을 입은 게오르그는 군터의 안내를 받으며 광산 지휘소로 이동했다.

"땅속에 그런 유적이 숨겨져 있을 줄 누가 알았겠습니까?"

"확실히 사진으로 보니 보통 유적은 아니더군. 고고학자는 모셔왔는가?"

"예, 노르웨이 신화에 정통한 분으로 한 분 모셨습니다. 에나르손 교수라고 하면 생존 중인 최고의 신화학자이자 고고학자로 통하더군요."

"아, 들어본 적이 있는 분이군. 자네, 일 처리가 좋아. 내 기억함세."

지휘소에서 게오르그는 에나르손과 만날 수 있었다. 에나르손은 장년의 노르웨이인으로 깊은 이마 주름이 인상적이었다.

서로 간에 일면식은 없었지만, 각 분야의 최고에 이른 사람인지라 말은 쉽게 통했다. 에나르손이 말했다.

"기다리느라 혼이 났습니다. 아무리 영상과 사진 자료가 많긴 해도 직접 보는 것만 못하니까요. 여기 기술자들이 게오르그 박사님이 오기 전에는 들여보내 주질 않아서 목이 빠지게 기다렸습니다. 제 고고학 일생에 최고의 발견이 될 것이라 감히 말할 수 있겠습니다."

"고고학적으로도 의미가 있겠지만 우리 기술자들이 분석하니 유적의 금속 물질은 지구에서 만들어진 게 아니라고 하더군요. 뭔가 큰 비밀이 있는 모양이니 교수님께서 밝혀주셨으면 합니다."

"물론입니다. 그럼 바로 보실까요?"

광산의 지저로 이동하는 엘리베이터를 타고 가며 에나르손은 몇 장의 사진을 펴서 몇 군데를 가리켰다.

"일단 저를 부르신 것은 정말 잘하셨습니다. 여기 사진으로 보이는 유적의 심벌은 북유럽계 고대 룬어이고, 이 상징은 신화에서 오딘과 아홉 세계를 뜻하고 있어요. 저 외에는 학계에 이걸 해독할 만한 이가 없으니까요."

엘리베이터가 지저에 도착하자 유적을 밝히는 투광등의 불빛이 더욱 강해졌다.

유적은 암석과 금속 물질로 이루어진 200평가량의 구조물이었는데 그 중심에는 직경 10미터 정도의 금속질 링이 세워져 있었다.

사진에서 본 룬어와 상징은 바로 이 링의 테두리에 음각되어 있었다.

"아아!"

에나르손이 떨리는 손으로 금속의 링을 만졌다.

상상할 수도 없는 아득한 과거부터 땅에 묻혀 있었을 이 물체는 녹 하나 슬지 않고 방금 만든 것처럼 번쩍거리고 있었다.

에나르손이 수첩을 뒤지며 링 전체에 새겨진 문자를 해독하기 시작하더니 오래지 않아 멍한 눈빛으로 게오르그를 바라보았다.

"좀 밝혀내시었소?"

"우선… 이 링은 관문입니다. 신의 관문이라고 되어 있어요. 무지개의 힘으로 열리며 정확한 이름은 비프로스트 게이트 정도로 해석할 수 있을 것 같습니다. 이 관문을 통해서 아홉 세계와 연결됩니다. 각 세계에는 이러한 관문이 각각 하나씩 있는데 신들은 이 게이트를 통해서 세계 간 이동을 한다고 되어 있습니다."

게오르그는 고개를 갸웃거렸다.

"아홉 세계라… 그건 북구 신화에서나 말하는 이 우주의 구성 아니오?"

에나르손이 희미하게 웃었다.

"신화학자인 저도 아홉 세계에 대한 고대인들의 세계관은 구전으로 전승된 추상적인 개념 정도로 이해했습니다만, 놀랍게도 이 링에는 아홉 세계에 대한 구체적인 우주 지도가 그려져 있습니다. 여길 보세요."

게오르그는 링의 후면으로 돌아 아래쪽의 도식을 살폈다. 그곳엔 태양을 중심으로 공전하는 아홉 개의 행성과 그 궤도가 그려져 있고, 각 행성의 옆에는 세계의 명칭과 대표적인 거주종이 적혀 있었다.

"이건 마치 우리 태양계의 모습과 같지 않소?"

"그렇습니다. 이 유적을 만든 자들은 이것을 헬리오스 나인이라고 불렀던 모양입니다."

에나르손이 수첩을 들어 메모한 부분을 보여주었다.

수성: 아스신의 행성 아스가르드

금성: 티탄의 행성 요툰하임

지구: 인간의 행성 미드가르드

화성: 오크의 행성 스바탈하임

목성: 엘프의 행성 알프하임

토성: 드워프의 행성 니다벨리르

천왕성: 드래곤의 행성 무스펠하임

해왕성: 바나르신의 행성 바나하임

명왕성: 악마의 행성 니플하임

'이거야 원.'

게오르그는 자신의 천재적인 두뇌에 과부하가 걸리는 것을 느꼈다.

이 유적에 적힌 정보가 사실이라면 태양계의 아홉 행성은 모두 생명체가 거주할 수 있다는 말이 아닌가.

'한 가지는 확실하군. 이 게이트를 이용하면 다른 행성으로 갈 수 있다. 이런 혹한의 땅에서 자원을 캐지 않아도 되고 말이야. 우리 게오르그 슈미트사의 비전을 새로 써야겠군그래.'

게오르그는 은근한 어조로 에나르손에게 물었다.

"이 게이트를 작동시키는 원리도 나와 있소?"

"아닙니다. 그저 무지개의 힘이라고만 되어 있을 뿐 에너지에 대한 구체적인 묘사가 없어요. 또 다른 세계로 가려면 일곱 개의 정확한 상징 좌표를 지정해야 작동하는 구조 같습니다. 이 링의 테두리를 보세요."

게이트의 테두리에는 수백 개가 넘는 상징이 빼곡히 음각되어 있었는데 일곱 개의 지침을 움직여 각 상징에 고정시킬 수 있었다.

그것이 좌표를 설정하는 원리 같았다.

"좌표가 틀리면 어떻게 되겠소?"

"아마도… 엉뚱한 우주 공간에 떨어지거나 아예 게이트가 작동을 안 하겠죠."

게오르그는 군터에게 유적을 해체해서 뉘른베르크의 본사로 옮기라고 지시했다.

에나르손이 사색이 되어 외쳤다.

"유, 유적을 손상시킬 셈입니까?!"

"신이 만들었을지도 모르는 물건인데 과학자로서 작동은 시켜봐야 하지 않겠소? 여긴 마땅한 에너지원도 없고."

"좌표도 모르잖습니까?"

"아니. 하나의 좌표는 알지. 바로 현재 고정된 일곱 개 지침이 가리키는 곳 말이야. 아홉 세계 어딘가로는 통해 있겠지."

"이, 이런……."

"교수도 이 물건에 대해 더 연구하고 싶다면 학계를 떠나 우리 게오르스 슈미트사의 연구소로 오시오. 다만 이 시간부로 이 게이트 유적 발굴에 대해서는 철저히 함구하셔야 할 거요."

크레인의 와이어가 내려와 유적에 고정되는 것을 보며 게오르그 박사는 짙게 웃음 지었다.

*　　　　*　　　　*

현무 길드를 통해 피닉스와 적안 사이클롭스의 사체가 매각되었고, 이전과 같은 배분율로 부대원들과 현무 알파에게 지급되었다.

박돈학을 제치고 일을 벌였지만 지갑이 두둑해진 부대원들은 철저히 함구할 터였다.

'화성 신호의 발원지까지의 길은 뚫렸다.

피닉스가 제거됐으니 이제 천각지네 서식지 상공을 지나 곧바로 탐색이 가능하다.'

권산은 작전실로 현무 알파와 강철중, 진광, 김요한 박사를 불렀다.

"다음 사냥을 하기 전에 요르문간드 대협곡 안쪽을 탐색할까 해. 이건 괴수 사냥과는 무관한 일이니 강요는 안 할게. 무슨 일이 생길지 모르니 두 대의 쿼드 캐리어로 정찰을 갈 계획이야."

강철중이 눈을 빛내며 물었다.

"대장이 하는 일이니 믿을 수 있겠지만, 정찰의 목적은 듣고 싶군요."

권산은 화성 신호에 대한 진실을 공개하는 게 과연 적절할까 싶었지만 앞으로의 일을 혼자서 전부 처리하긴 힘들었다.

이들을 완전히 자신의 사람으로 만들려면 비밀을 공유해야 한다는 판단이 들었다.

"김요한 박사께서 공유해 주시죠."

김요한은 목소리를 가다듬고 자신이 관측한 화성 신호의 내용과 화성에 미국인들이 이주했다는 사실에 대해 말했다.

좌중은 이야기를 듣다가 몇 번이나 반문하며 믿기 힘들다는 표정을 지었다.

"나도, 김요한 박사도 화성 신호가 정말로 화성에서 발신된 것인지는 100% 확신하고 있진 않아. 하지만 미국이 화성 이주를 위해 엑소더스 프로젝트를 진행했다는 건 엄연한 역사적 사실이야. 결국 신호의 발원지에 가보는 수밖에 없어."

"나는 할래요. 그렇게 위험해 보이지도 않고요."

백민주가 손을 번쩍 들었다.

그녀는 이미 권산이 벌이는 일에 여러 가지로 개입한 적이 있었다.

독일에서 게오르그 슈미트사의 로봇과 전투할 때도 옆에 있었고, 사준혁을 심문할 때도 협조했다.

권산은 가벼운 마음으로 일을 벌일 사람이 아니다.

"저도요. 진짜 진실이 뭔지 궁금하네요."

서의지도 손을 들고 전명희, 장규철도 손을 들었다.

이미 심복이라 할 수 있는 진광과 강철중도 껄껄 웃으며 한 손을 들어 올렸다.

"그럼 내일 동이 트는 대로 두 대의 쿼드 캐리어에 나눠서 가자. 진광은 정예 대원들로 열 명씩 뽑아줘."

"예써, 대장!"

*　　　　　*　　　　　*

다음 날 아침, 두 대의 쿼드 캐리어는 Y130 구역의 광대한 저지대 구간을 지나쳐 미궁 평원의 상공을 지나 요르문간드 대협곡에 이르렀다.

저 아래 지면에 전장 1백 미터에 달하는 천각지네가 땅을 물처럼 유영하며 자유자재로 움직이는 게 보인다.

온몸의 갑각이 저주파 진동을 하여 땅속을 자유자재로 뚫고 다닐 수 있는 괴수인지라 사냥을 단시간에 끝내지 못해 지네가 땅속에 숨어버리면 도리가 없을 듯했다.

"거의 가까워진 것 같소. 협곡 아래로 내려갑시다."

김요한이 GPS 화면을 보며 앞을 가리켰다. 1호기가 먼저 내려가고 2호기가 따라갔다.

대협곡은 어마어마하게 깊었다.

3㎞ 정도 내려가자 김요한이 마크해 놓은 좌표에 근접하는지 GPS에서 삐삐 하는 신호음이 울리는 주기가 가까워졌다.

"거의 근접한 거 같긴 한데 더 이상 추적은 어렵소. 아무래도 내려서 직접 찾아봐야 할 것 같소만."

김요한이 GPS 화면을 보다가 패널을 내리며 말했다.

추적기의 오차 범위 안에 들었기에 지금 이 순간 신호가 다시 한번 수신되지 않고서야 육안으로 장소를 찾아내는 수밖에 없을 듯했다.

"적당한 곳에 쿼드 캐리어를 착륙시키고 정찰대를 꾸린다. 사전 정보가 없는 곳이니 팀을 쪼개지 않고 느리더라도 안전하게 가자."

워낙에 깊은 협곡의 저지대인지라 햇빛이 들지 않는 곳이 많았다.

쿼드 캐리어는 은폐가 용이한 음지를 찾아 착륙했고, 진광과 열 명의 정예 대원을 방어 병력으로 남기고 정찰대를 편성했다.

현무 알파에 강철중이 이끄는 열 명의 정예 대원이다.

"협곡이 넓긴 하지만 한쪽 방향으로만 뻗어 있어. 지그재그로 이동하면서 수색한다. 서의지가 선두, 장규철이 후미를 맡아."

서의지는 수색용 소형 드론 두 대를 띄우고 자신의 렌즈 화면과 연동했다.

그의 이능력인 시력 강화에 더불어 상공에서 드론 카메라

를 이용해 땅을 내려다보자 바위 무더기 사이로 다닐 만한 루
트를 찾아낼 수 있었다.

다행스럽게도 괴수는 그림자도 비치지 않았다.

권산은 멀리까지 기감을 펼쳐 아무런 생명체의 기도 느껴
지지 않자 내심 안도의 한숨을 내쉬었다.

기습을 받는다면 지형적으로 탈출이 몹시 곤란한 지점이라
가급적 어떠한 괴수도 맞닥뜨리지 않는 것이 좋았다.

"박사님, 짐작 갈 만한 곳이 눈에 띄십니까?"

"아니야. 딱히. 하지만 나름대로 접근이 가능한 곳은 분명
해. 그렇지 않고서야 신호가 한국까지 전파되지 못했을 테니
까."

그렇게 5㎞가량을 수색했을 때 서의지가 드론 카메라로 뭔
가 특이한 화면을 잡아내었다.

"대장, 좀 수상쩍은 곳이 보이는데요. 공유할게요."

서의지가 손짓으로 그의 렌즈 화면에 뜬 영상을 밀자 권산
의 렌즈 시야에 드론 영상이 밀려왔다.

"동굴 같은데? 입구가 대단히 넓군. 정확히 어디지?"

서의지가 손으로 2㎞ 우측의 협곡 면을 가리켰다.

다른 대원들은 망원경을 들어 그곳을 보았고, 권산은 내공
을 끌어 올려 안력을 높이고 그곳을 집중해서 보았다.

햇빛이 미치고 있는 곳인지라 동굴 특유의 검고 깊은 모습

이 잘 보였다.

"가보자."

동굴은 지면에서 300m 높은 곳에 위치해 있었다.

서의지가 드론을 올려 보내 영상을 확보하자 동굴의 입구 직경은 무려 100미터에 이르렀고, 제법 평탄한 바닥 면을 가지고 있었다.

마치 거대한 뱀이 쓸고 지나간 것 같은 느낌이다.

'느낌이 좋지 않군.'

권산은 무전으로 진광을 불렀다.

두 대의 쿼드 캐리어가 날아와 일행을 태우고 수직 상승 하여 동굴의 내부에 안착했다.

"진광, 비상 상황 시에 곧바로 출발할 수 있게 준비해 둬. 이곳에 출몰하는 어지간한 괴수라도 우리 전력으로 상대하긴 어려워."

"잽싸게 튈 준비를 하란 말씀이시죠? 크하하! 천하의 대장도 쫄 때가 있네요. 하긴 저도 좀 으슬으슬한 게 기분이 좀 그렇긴 합니다."

"하여간 확실하게 준비해. 로터 시동은 끄지 말고 저속으로라도 돌리고 있어."

권산은 다시 정찰대와 함께 동굴로 진입했다.

서의지가 네 대의 드론을 더 띄웠고, 드론들은 자동 추적

기능으로 일행 주변에서 일정 거리를 유지하며 사방에 강력한 빛을 쏘아대었다.

동굴은 더욱더 깊어져 갔지만 지면은 여전히 평탄하고 용적은 줄어들지 않았다.

갑자기 동굴이 90도에 가깝게 휘며 어디선가 주황색 불빛이 아른아른 밝아져 왔다.

동굴은 점점 더 커져서 드론의 조명이 동굴 천장에 닿지 못할 정도가 되었다. 일종의 공동이 나타난 것이다.

공동의 중심부에 바로 그 주황색 불빛의 정체가 있었다.

"뭐지? 불인가? 허공에 그냥 불이 붙어 있네."

그것은 불이었다.

전설 속 불의 정령, 혹은 초열지옥의 겁화라는 생각이 절로 드는 수상한 불이었다.

뭔가 연소를 하려면 가연물, 산소, 점화원이 있어야 하는데 어디에도 저렇게 사람 두세 명은 가볍게 잡아먹을 크기를 유지시킬 만한 가연물은 보이지 않았다.

그야말로 허공에 둥둥 뜬 이상한 불이었다.

"이런 것이 자연계에 실존하다니 정말 믿을 수가 없군."

김요한은 안경을 치켜들며 점점 불로 다가들었다.

권산이 위험하다고 하며 어깨를 잡자 겨우 걸음을 멈추며 나직이 미소를 지었다.

"안심하게. 이건 불이 아니야. 하지만 그것보다 훨씬 더 위험하지."

"박사님은 이게 뭔지 아시는군요?"

"그래. 짐작이 되네. 이 불이 바로 화성 신호의 발원지야. 불의 춤에 현혹되지 말고 불길의 너머를 집중해서 보게."

권산이 지켜보자 불길 너머로 붉은 암석과 어두운 공간, 그리고 별처럼 보이는 빛 무리가 보였다.

"이건… 뭔가 다른 공간이 보이는군요."

"그래, 예상대로 이 불길은 화성과 지구를 잇는 일종의 통로인 것 같아. 이유는 알 수 없네만, 초미시 세계에서나 볼 수 있는 양자 붕괴 현상이 이런 거시 세계에 나타난 것 같아. 입자가 존재하기도, 안 하기도 하는 확률의 모습이 시각적으로는 저렇게 불의 형상으로 나타난 것 같고."

"하, 과학적으로 가능한 것이라고요?"

"그래. 일례로 멀쩡한 사람이 단단한 벽을 부수지 않고 그대로 통과하는 일과 비슷하겠군. 사람의 몸을 구성하는 입자와 벽의 입자가 모두 조밀한 관계로 벽을 지나가려는 순간 입자 간 충돌이 일어나기 때문에 당연히 자연계에서는 불가능에 가까운 일이지만 양자의 세계에서는 극명하게 낮은 확률로 가능한 일이거든. 물리학에서는 이런 현상을 보고 양자 터널링이라고 하지."

양자 터널.

한마디로 지구와 화성, 두 행성 간 공간을 이어주는 터널이라는 뜻이었다.

권산은 어려운 물리 개념까지는 잘 이해할 수 없었으나 양자가 벌린 공간의 틈새가 충분히 사람이 통과할 수 있을 만큼 컸기 때문에 저곳을 통과하면 화성으로 갈 수 있다는 사실만은 깨달을 수 있었다.

"사람이 통과할 수 있을까요?"

"흠. 실험을 해봐야겠지? 하지만 신호도 통과된 것을 봐선 가능할 거 같아. 우리 몸의 분자도 기본적으로는 전자기 입자라고 봐도 무방하니까."

모두가 불의 춤에 빠져 황홀경에 빠져 있을 때 홍련은 발끝에서 정수리까지 솟구치는 소름 끼치는 살기를 느꼈다.

그녀의 기감은 스승인 이광문도 인정할 정도로 육감의 경지에 다다라 있었다.

"사형!"

권산은 그제야 정신을 회수하며 뭔가 온몸을 옥죄어 오는 무거운 공기를 느꼈다.

기감을 펼쳐 어둠 속을 헤치자 공동의 저편 어딘가에서 거대한 무엇인가가 강력한 살기를 뿜으며 그들을 응시하고 있는 게 느껴졌다.

"모두 쿼드 캐리어로 돌아간다! 전속력으로 뛰어!"

권산은 정신을 못 차리고 있는 김요한의 손을 잡아끌었다. 눈치가 빠른 서의지와 전명희는 가장 먼저 출발했고, 대원들도 정예답게 무의식적으로 반응하며 현장을 이탈했다.

'젠장, 방심했군.'

동굴에 들어올 때부터 자신을 자극하던 그 느낌을 믿어야 했다.

상대는 보통 큰 놈이 아니었다.

어둠 속에서 자신을 응시하던 두 눈 간의 거리가 4미터는 되었다. 그것만으로도 어마어마한 크기의 A급 괴수임에는 쉽게 짐작할 수 있었다.

크롸롸롸롸!

괴수는 길쭉한 신체로 바닥을 긁으며 엄청난 울음을 터뜨렸다.

일반인이었다면 그 울음만으로도 땅에 주저앉아 정신을 놓을 만큼 공포스러운 상황이다.

"사매, 박사를 챙겨."

권산은 홍련에게 김요한의 팔을 넘기고 대검을 뽑았다.

괴수가 접근하는 속도는 너무도 빨랐고, 경신술을 아는 자신이나 홍련은 몰라도 나머지는 모두 따라잡힐 것이 뻔했다.

시간을 벌어야 했다.

"와라, 괴물."

괴수는 양자 터널의 불길을 우회하여 접근했다. 그 바람에 괴수의 전신이 한 번에 노출되었다.

전장 40미터에 뱀과 같은 외관, 그리고 가지처럼 분기된 두 개의 뿔이 머리에 달려서 마치 전설에 나오는 용과 같은 모습이다.

권산은 저런 형상을 가진 괴수를 들어본 적이 있었다.

'이런 미친! 무찰린다다!'

현존하는 A급 괴수 중에 최고의 전투력을 뽐내는 지상형 괴수가 바로 무찰린다였다.

비늘은 최고의 갑옷 재료이자 합금으로 어떤 현대식 화기로도 뚫리지 않았고, 속도와 민첩성은 대형 괴수 중에 발군이었다.

더구나 강력한 독소를 지녀 이빨에 스치기만 해도 한 줌 혈수가 되어 녹아내리고 만다.

10년 전 대한민국의 200명 연합 레이드도 무찰린다 한 마리에게 걸려 몰살당한 바가 있지 않던가.

'크기가 조금 작다.'

무찰린다는 성체가 되었을 때 전장 50m가 넘는다.

잘못 본 것일 수도 있으나 왠지 좀 크기가 작아 보였다.

무찰린다가 거대한 독니를 앞세우고 짓쳐들어왔다.

권산은 이격 거리를 두고 몸을 피하고는 검강이 실린 대검을 휘둘렀다.

카앙!

붉고 푸른 스파크가 튀며 비늘 하나가 겨우 잘려 나갔다. 권산은 이형보를 극으로 전개해 다시 자리를 벗어나 다른 비늘을 베어냈다.

제아무리 단단한 비늘이라도 파괴의 정점에 서 있는 검강을 버티지는 못했다.

"이데아, 약점을 찾아!"

—알았어요, 주인.

이데아는 무찰린다에 대한 정보를 넷에서 무차별로 끌어모으며 10년 전 레이드에서 생존한 사람들의 증언과 당시 영상 자료 및 전문가들의 견해를 조합하여 화면의 해부도를 띄웠다.

—등보다 배 쪽, 특히 턱 아래쪽 30% 되는 지점의 배 면이 무찰린다 성장점인 것 같아요. 다른 곳보다 비늘의 크기가 작고 밀집한 곳을 찾으세요. 어린 세포가 아직 초합금화되지 못해서 물성이 약할 것으로 추정합니다. 그 외에는 전 세계 어디서도 사냥한 사례가 없어서 약점은 아직 미공개예요.

무찰린다는 머리를 들어 매서운 독니에서 독액을 마구 쏘아대었다.

덩치가 덩치인지라 한 줄기 한 줄기가 모두 폭포수를 방불케 했다.

몇 방울의 독액이 갑옷에 묻자 흰색 연기를 내며 옵사디움 갑옷을 부식시켜 왔다.

'정말 지독하군.'

그때 등 뒤에서 흰색 광선이 날아와 권산에게 직격했다. 백민주의 버프 광선이다.

권산은 육체의 근력이 가파르게 증가하는 것을 느끼며 두 주먹을 불끈 쥐었다.

정찰대는 이미 동굴의 공동을 벗어나고 있었고, 현무 알파는 공동과 입구의 경계에 서서 필사적으로 권산을 부르고 있었다.

"사형! 무리예요! 도망쳐요!"

권산은 이형보를 전력으로 전개해서 입구 쪽으로 질주했다.

무찰린다는 몇 번이나 믿을 수 없는 속도로 움직이는 인간을 놓치자 분노의 괴성을 터뜨렸다.

크롸롸롸롸!

동굴이 음파에 진동하며 돌먼지가 사방에서 우수수 떨어져 내렸다.

권산은 무전으로 강철중과 현무 알파에게 지시했다.

"50미터 앞에 가장 좁은 구간이 있어! 그곳에서 방어한다!"

현무 알파는 뒤도 돌아보지 않고 뛰었다.

양자 터널이 뿜어대는 주황색 불빛은 점점 약해졌고, 무찰린다의 움직임에 함께 떨리는 진동음과 서의지의 드론이 뿜는 광원만이 존재했다.

"헉헉! 이거 간 떨리는데요, 대장. 무찰린다가 이런 데 살고 있다니. 이놈의 헌터 짓… 하다 하다 무찰린다까지 볼 줄은 몰랐네요."

서의지는 뭔가 잔뜩 꽂아놓은 전투 조끼에서 계속 조명탄을 꺼내서 점화하고 동굴 이곳저곳에 던졌다.

일행의 뒤로 타오르는 조명탄이 동굴의 사면을 환하게 비췄다.

현무 알파가 다이빙을 하듯 정찰대와 합류하자 강철중이 매섭게 외쳤다.

"무찰린다가 온다! 준비된 사수부터 쏴!"

정예 대원들은 등에 짊어지고 온 기관총을 땅에 고정시키고 무차별적으로 방아쇠를 당겼다.

예광탄과 철갑탄이 마구 날아다니고, 수백 발의 탄약이 수 초 안에 발사되었다.

열 명이 아니라 쉰 명의 병사가 보일 만한 화력이었다. 권산도 강철중이 가져온 유탄 발사기를 들고 몇 발을 장전하여 당겼지만, 이것으로 무찰린다를 저지할 수 있다고는 생각하지 않았다.

원거리 공격이 가능한 전명희가 강렬한 전격의 구체를 만들어 쏘아내었고, 서의지는 다연장 석궁에 조명탄을 장전하여 계속해서 전방으로 쏘아대었다.

무찰린다는 의외의 저항에 놀랐는지 기어오는 속도를 줄이며 모습을 드러내었다.

입구가 갈수록 좁아져서 동굴의 높이가 20미터가 되었다. 운신에는 지장이 없었으나 체적이 워낙 커서 총탄을 피할 공간은 없었다.

수백 발의 총탄이 무찰린다의 머리 비늘에 맞고 사방의 벽으로 튕기는 모습은 그야말로 전율 그 자체였다.

조명탄은 무찰린다의 배에 눌려 하나씩 꺼져가고 정찰대와의 거리는 50미터로 좁아졌다.

"총기를 버리고 퇴각해! 헌터들이 시간을 번다!"

"대장님, 위험합니다!"

강철중이 고래고래 고함을 질렀다.

이미 무찰린다가 기어오는 진동음과 화기의 발사음이 섞여 장내는 전쟁터를 방불케 했다.

"강철중, 명령을 따라. 박사님을 안전한 곳으로 모셔. 현무 알파는 날 도와줘. 기운을 모을 시간이 필요해."

강철중이 정찰대를 수습해 동굴 입구에 대기하고 있는 쿼드 캐리어로 뛰어갔다.

어둠 속으로 사라지는 랜턴 불빛은 자꾸 뒤를 돌아보고 있었다.

'뇌신!'

권산은 임맥의 여섯 개 혈도를 비전의 방식으로 자가 점혈하고 기를 주천시켰다.

현재 2갑자의 내공이 두 배인 4갑자로 불어났다. 단전이 팽팽해지며 두 눈에 핏발이 섰다.

그 상태에서 권산은 내공증폭벨트를 최대로 돌렸다. 무려 여섯 배의 내공 증폭을 시도한 것이다.

내단석을 이용하긴 했으나 권산의 몸에서 풍기는 기도는 내공증폭벨트를 통해서 뿜어져 나오며 무려 24갑자로 불어났다.

홍련은 그런 권산의 기도에 숨이 턱 막히며 다리가 풀리는 것을 느꼈다.

자신을 향해 살기를 뿜은 것도 아닌데 존재감만으로도 질식할 것만 같은 느낌이 들었다.

'이건 무신의 기운이다.'

권산이 기운을 갈무리하는 사이 장규철은 청동으로 몸을

바꿔 거대한 바위를 들고 무찰린다에게 돌진했다.

무찰린다의 독액을 바위로 막아내며 힘으로 무찰린다의 전진을 저지하려는 것이다.

"으아악! 이거나 먹어라, 이 뱀 새끼!"

무찰린다는 바위를 물어서 옆으로 튕겨내려 했으나 이미 땅에 정강이까지 박아 넣은 장규철은 쉽사리 빠지지 않았다.

백민주의 치료 광선이 장규철에 등에 작렬하며 끊어져 가던 근육을 이어 붙였고, 서의지는 다연장 석궁에 섬광탄을 장착하여 바위 너머의 무찰린다의 눈을 노리고 허공에 마구 갈겨대었다.

"플래시!"

서의지의 외침에 다들 땅을 쳐다보며 섬광을 피했다.

섬광은 무찰린다의 동공을 파고들며 시신경을 태웠고, 무찰린다는 광분하여 바위째 장규철을 날려 버렸다.

키에에엑!

"으악!"

장규철은 끈 떨어진 연처럼 아무런 힘도 주지 못하고 30미터를 날아 권산의 옆에 떨어졌다.

무찰린다가 눈도 뜨지 못한 채로 마구잡이로 밀고 나왔고, 홍련은 내공증폭벨트를 네 배 증폭으로 돌리고는 무찰린다의 턱을 승룡참의 수법으로 베어 올렸다.

카캉!

파도와 같이 넘실거리는 검기에 비늘 십여 개가 움푹 파이며 무찰린다의 턱이 추켜올려졌다.

충격은 준 것 같지만 치명적인 것 같지는 않았다.

'한계다.'

무찰린다가 몸으로만 밀고 지나가도 으깨진 두부 꼴이 될 것이 분명했다.

그때 권산의 눈이 스르르 떠지며 두 눈과 온몸에서 청색 빛을 뿜어내었다.

"수고했어, 다들."

권산은 이형보로 한 걸음을 내디뎌 10미터의 거리를 단숨에 격하여 이동하고는 무찰린다의 턱 바로 아래 30% 지점에 손바닥을 가져다 붙였다.

너무도 찰나지간에 일어난 일이라 무찰린다의 머리는 아직 홍련의 승룡참으로 인해 허공으로 올라간 상태였다.

'바로 여기가 약점이로군.'

다른 곳에 비해 비늘의 크기가 작고 손바닥을 대니 확실히 느껴지는 감촉이 물렀다.

'파산경!'

권산의 기경팔맥에 제각각의 위상을 갖는 여덟 개의 내공 파도가 만들어졌다.

바로 내공반탄의 오의가 펼쳐진 것이다.

파도의 중첩과 충돌로 인해 얻어지는 어마어마한 충격파는 고스란히 장법의 공력으로 변했다.

오른 손바닥을 통해 칼처럼 날카롭게 벼려져 무찰린다의 약점으로 파고들었다.

우드득! 뚜둑!

뼈가 부러지고 장기가 파열되는 듯한 소음이 무찰린다의 목부터 꼬리까지 파도를 타고 연속적으로 퍼져 나갔다.

무찰린다의 40미터에 이르는 거대한 몸체가 마치 추위에 노출된 듯 부르르 떨었다.

고통이 밀려오는지 입을 쩍 벌렸고, 녹색 독액을 땅에 뚝뚝 떨어뜨리며 온몸의 구멍으로 피가 뚝뚝 스며 나왔다.

쿠오오.

뭔가 바람이 빠지는 듯한 소리가 들리며 무찰린다의 턱이 동굴 바닥에 처박혔고, 마침내 움직임이 멎었다.

"자, 잡았다! 무찰린다를 잡았어!"

서의지가 다리에 힘이 풀린 듯 털썩 주저앉았다.

권산이 단 일격에 무찰린다의 숨통을 끊어놓은 것이다.

실로 믿을 수 없는 위력이었다.

털썩!

그때, 쓰러진 무찰린다를 바라보던 권산이 갑자기 정신을 잃고 쓰러지자 홍련이 권산의 몸을 붙잡으며 비명을 질렀다.

"사형! 사형! 정신 차려요!"

명문에 장심을 붙여 내공을 불어넣으니 권산의 몸 안에서 들끓는 듯한 혈의 움직임이 느껴졌다.

'이건 주화입마다!'

홍련은 입술을 깨물었다.

네 배의 내공증폭벨트를 사용한 자신도 기맥이 크게 상하고 내상을 입은 상태였다.

사형은 무려 뇌신을 통해 자가 증폭을 한 뒤 여섯 배의 내공증폭벨트를 사용했다.

오히려 멀쩡한 것이 말이 안 되는 상황이었다.

내공 증폭은 본래 이렇듯 강한 부작용을 초래했다.

"비켜요. 제가 치료할게요."

백민주의 치료 광선이 권산을 비추었으나 외상과 내상에 효과를 봤을 뿐 혈맥에 날뛰는 주화입마의 내공에는 전혀 효과가 없었다.

"사형을 옮겨요. 일단 기지로 복귀해야 해요. 그리고 나 혼자서는 치료 못 해요. 사문의 사형제들이 필요해요."

장규철이 권산을 들어 올리자 모두가 주변을 경계하며 동굴의 입구로 나아갔다.

마침내 빛이 들어오는 입구까지 나오자 쿼드 캐리어가 이류 준비를 마친 채 그들을 기다리고 있었다.

"사형, 힘내요. 무신이 될 사람이 이렇게 죽는다는 게 말이 돼요?"

홍련이 권산의 손을 꽉 움켜잡았다.

『헬리오스 나인』 3권에 계속…

이제부터 전자책은

이젠북

www.ezenbook.co.kr

새로운 세계가 열린다!

초대형 24시 만화방

신간 100%, 샤워실, 흡연실, 수면실(침대석), 커플석, 세탁기 완비

■ 광명 광명사거리역점 ■

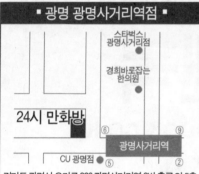

경기도 광명시 오리로 986 광명사거리역 6번 출구 앞 5층
02) 2625-9940 (솔목타워 5층)

■ 강북 노원역점 ■

서울 노원구 상계동 340-6 노원역 1번 출구 앞 3층
02) 951-8324 (화용빌딩 3층)

■ 일산 정발산역점 ■

라페스타 E동 건너편 먹자골목 내 객잔건물 5층
031) 914-1957

■ 일산 화정역점 ■

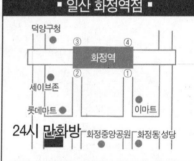

경기도 고양시 덕양구 화정동 984번지 서일빌딩 7층
031) 979-4874 (서일사우나 건물 7층)

■ 부천 역곡역점 ■

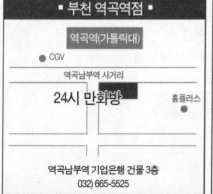

역곡남부역 기업은행 건물 3층
032) 665-5525

■ 부평역점 ■

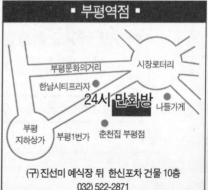

(구) 진선미 예식장 뒤 한신포차 건물 10층
032) 522-2871

이성현 장편소설

FUSION FANTASTIC STORY

30인의
회귀자

100인의 결사대가 결성된 지 10년,
생존자는 30명뿐!

"이번 생은 실패로 끝났지만
또 한 번의 기회를 손에 쥐었다."

기억을 지닌 채 과거로 돌아가는 비법,
시간 회귀술을 손에 넣은 결사대는
과연 미래를 바꿀 수 있을 것인가!

전생을 잊지 못한 이들의 일대기가 시작된다!

Book Publishing CHUNGEORAM

유행이 아닌 자유추구 -
WWW.chungeoram.com

FUSION FANTASTIC STORY

박골 장편소설

내 손끝의 탑스타

그의 손이 닿으면 모두 탑스타가 된다?!

우연히 10년 전으로 회귀한 매니저 김현우.
그리고 그의 눈앞에 나타난 황금빛 스타!

그는 뛰어난 처세술과 냉철한 판단력으로
다사다난한 연예계를 돌파해 나가는데……

돈도, 힘도, 빽도 없지만 우리에겐 능력이 있다!

**김현우와 어울림 엔터테인먼트의
통쾌한 성공기가 지금부터 시작된다!**

Book Publishing CHUNGEORAM

유행이 아닌 자유추구 -
WWW.chungeoram.com

FUSION FANTASTIC STORY

요람 장편소설

전장의 저격수

사회 부적응자이자 아웃사이더인 석영은
게임을 하다 지구의 종말을 맞이한다.

episode1:
잠에서 깬 용사의 시대를 시작하시겠습니까?
Y/N

하지만 깨어나 보니 세상은 멸망하지 않았다.
아니, 현실 같은 게임 속 세상이 펼쳐져 있었다!

현실보다 더 험난한 '리얼 라니아(real RAnia)'.
과연 석영은 살아남을 수 있을 것인가.

이제, 리얼 라니아의 전설이 시작된다!

Book Publishing CHUNGEORAM

유행이 이닌 자유추구 -
WWW. chungeoram.com

FUSION FANTASTIC STORY　류승현 장편소설

리턴 마스터

2041년, 인류는 귀환자에 의해 멸망했다.

최후의 인류 저항군인 문주한.
그는 인류를 구하고 모든 것을 다시 되돌리기 위하여
회귀의 반지를 이용해 20년 전으로 돌아갔다. 하지만……

"어째서 다른 인간의 몸으로 돌아온 거지?"

그가 회귀한 곳은 20년 전의 자신도, 지구도 아니었다!

다른 이의 몸으로 판타지 차원에 떨어져 버린 문주한. 그는 과연 인류를 구원할 수 있을 것인가!

Book Publishing CHUNGEORAM